ME ENSINA A PALAVRA

BÍBLIA INFANTIL

Jared Kennedy

Ilustrada por Trish Mahoney

1ª Edição
Santo André - SP

Geográfica
2022

Diretora editorial
Maria Fernanda Vigon

Editor chefe
Marcos Simas

Editor assistente
Adriel Barbosa

Tradução
Júlia Ramalho

Preparação de texto
Lilian Condeixa

Adaptação da arte e diagramação
Jonas Lemos

Revisão
João Rodrigues
Marcelo Miranda
Nataniel Gomes

Capa
Rick Szuecs

Esta obra foi impressa no Brasil com a qualidade de impressão e acabamento da Geográfica Editora.
Qualquer comentário ou dúvidas sobre este produto escreva para: produtos@geografica.com.br

K33b Kenedy, Jared
Bíblia infantil: Me ensina a Palavra. [Ilustrada por] Trish Mahoney. [Traduzida por] Julia Ramalho. Santo André: Geográfica, 2022.

16x23 cm; il.; 320p.
ISBN 978-65-5655-294-1

1. Bíblia sagrada. 2. Antigo Testamento. 3. Novo Testamento. 4. Bíblia infantil. I. Título. II. Mahoney, Trish. III. Ramalho, Julia.

CDU 22-053.2

De:

Para:

Data:

Sumário

Antigo Testamento: Promessas feitas

Novo Testamento: Promessas cumpridas

Introdução

As crianças sabem o valor de uma promessa.

O compromisso feito pelos pais de sair para tomar sorvete faz brotar a esperança no coração dos filhos – esperança que se transforma em decepção quando se descobre que a sorveteria fechou mais cedo naquele dia. Promessas quebradas trazem lágrimas. Ao contrário dos pais humanos, o nosso Deus, que é bom e todo-poderoso, sempre cumpre sua palavra (Números 23.19). Além disso, sua forma de cumprir as promessas que faz é muito melhor do que qualquer pessoa poderia imaginar!

A Bíblia infantil: Me ensina a Palavra analisa as promessas perfeitas de Deus, presentes nas histórias do Antigo e do Novo Testamentos. Em cada uma das histórias há uma verdade fundamental destacada em negrito. Todas as narrativas também terminam com uma pergunta que pode ser usada pelos pais para reforçar essa verdade para os pequenos. As ilustrações coloridas acrescentam elementos divertidos de ensino sobre contagens, opostos, padrões e reconhecimento de objetos. Leia um capítulo de cada vez com o seu filho. Deixe que ele leia para você também. Se tiver filhos mais velhos, pesquise e leia as passagens listadas abaixo de cada título dos relatos. Uma vez que existem 52 histórias, considere fazer a leitura e o ensino de uma por semana, como parte de um currículo de leitura bíblica de um ano de duração. Oro para que até mesmo os mais jovens saibam que as promessas de Deus foram feitas especialmente para eles e que todas elas são "sim" e "amém" em Jesus.

ANTIGO TESTAMENTO

PROMESSAS FEITAS

HISTÓRIA 1
Deus cria
todas as coisas

Gênesis 1.1 - 2.3

No início, não havia céu, árvores nem animais. O mundo estava vazio como uma folha de papel em branco.

Então

Deus criou todas as coisas.

Deus não usou lápis de cor ou adesivos, como fazemos quando criamos algo. O Senhor usou apenas palavras. Ele disse: "Haja céu e mar, terra e plantas, sol e lua."

Então...

TCHARAM!

Tudo isso surgiu.

Deus fez
árvores e montanhas
para a gente escalar. Fez lagos
e oceanos para a gente nadar.
Fez morangos, bananas, maçãs
e muitas outras coisas gostosas
para a gente comer. Depois,
Deus fez todos os animais.
Pássaros para voarem entre as
nuvens. Peixes para nadarem nas
águas. Cabras para escalarem as
montanhas. Macacos para pularem
de galho em galho.

Deus olhou para tudo o que havia criado e disse:

"Isto é bom."

Mas o Senhor ainda não havia acabado. Ele deixou para criar o mais especial por último. Sabe o que estava faltando? Nós! Não existia papais e mamães. Nem irmãos ou irmãs – nem amigos.

Sabe com quantas pessoas Deus começou a sua criação? **Apenas duas.**

Um homem

O nome dele era Adão.

Uma mulher

O nome dela era Eva.

Deus criou Adão e Eva
à sua imagem e semelhança.

De tudo o que Deus criou, do que você gosta mais?

Deus fez todas as coisas.
Ele ficou feliz com a sua criação e deseja que você aproveite tudo também.

HISTÓRIA 2
Adão e Eva desobedecem

Gênesis 2.4 - 3.24

Deus deu a Adão e Eva um grande jardim, cheio de árvores com frutas deliciosas. Foi assim que o Criador mostrou a Adão e a Eva o quanto ele os amava. Depois ele deu apenas uma única ordem para obedecerem. Dessa forma, Adão e Eva mostrariam o quanto eles amavam o Senhor também.

"Vocês podem comer as frutas de todas as árvores do jardim, menos DESTA", disse Deus.

"Se vocês comerem DESTA árvore, certamente morrerão."

Deus tem um inimigo. O nome dele é Satanás. Satanás entrou no jardim disfarçado de uma serpente esperta. Ele mentiu para Adão e Eva. Primeiro falou com Eva.

"As ordens de Deus são bobas", disse Satanás.

"Vocês não morrerão se comerem desta fruta. Serão inteligentes e felizes, assim como Deus."

Adão e Eva se
esqueceram de que
Deus os amava.
Eva acreditou em Satanás.

A fruta parecia gostosa,
então ela a tomou e comeu.
Depois, Eva contou a Adão
que comer da fruta não faria mal nenhum.
Então, Adão acreditou que ficaria
mais feliz e inteligente e também comeu.

Adão e Eva esqueceram-se de
que Deus os amava. E, assim,
desobedeceram ao Senhor.

Ah, não!

Adão e Eva desobedeceram a Deus.

Antes, eles ficavam felizes ao encontrar e conversar com o Criador. Mas, agora, estavam com medo do Senhor.

Isso era muito triste.

Deus disse: "A sua vida agora será difícil, e um dia vocês morrerão."

Por causa da sua desobediência, eles não podiam mais morar com Deus no jardim.

Mas Deus ainda amava Adão e Eva e prometeu que um dia eles voltariam a viver com o Senhor. Deus disse: "Eu enviarei um Salvador que lutará contra o meu inimigo, Satanás. O Salvador trará vocês de volta para mim."

Você consegue se lembrar de alguma vez que desobedeceu a Deus?

Todos nós já desobedecemos a Deus em algum momento, mas Jesus continua nos amando. Jesus é o Salvador prometido pelo Senhor. Ele luta contra o mal e o pecado.

Quando desobedecemos, Jesus nos leva de volta a Deus.

HISTÓRIA 3
Deus envia
um arco-íris

Gênesis 6 - 9
1Pedro 3.18 - 22

Adão e Eva tiveram filhos,
e os seus filhos tiveram filhos.

Em vez de obedecerem ao que Deus mandava,
todos eles faziam o que queriam o tempo todo.

Agora o mundo inteiro estava em apuros.

Deus estava triste por causa de todas as escolhas erradas feitas pelas pessoas. Ele, então, disse: "Eu cobrirei toda a terra com água e começarei tudo de novo com uma família."

Deus escolheu Noé e sua família.

Deus disse a Noé:

"Construa um barco gigante – uma arca."

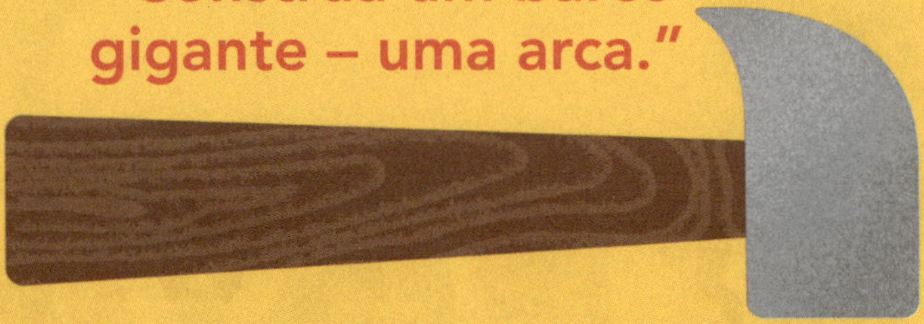

E Noé obedeceu.

Deus mandou Noé colocar um casal de cada animal dentro da arca.

Então, entraram na arca: leões e lagartos, castores e ursos, cachorros e burros, e todo tipo de animal que havia na terra!

Depois, Deus mandou a família de Noé entrar na arca e fechou a porta.

Depois, começou o dilúvio e toda a terra foi coberta de água; inundada.

Choveu por quarenta dias e quarenta noites.

As águas encheram toda a terra.

Mas Deus não se esqueceu de Noé,
de sua família e dos animais. Ele se lembrou!
O Senhor manteve todos eles seguros
dentro da arca.

Finalmente, Deus fez a chuva parar.
Toda a água secou.

glub! glub! glub!

O dilúvio terminou.
O Senhor fez uma
promessa a Noé:
"Nunca mais inundarei
a sua terra."

Oba!

Deus sempre cumpre suas promessas.

Olhe para o céu.
O que você vê?

É um arco-íris!

Deus colocou no céu um arco-íris lindo para ajudar Noé a se lembrar da promessa feita.

Você consegue se lembrar de algumas das promessas de Deus?

Deus prometeu manter seus filhos seguros em Jesus, assim como Noé e sua família ficaram protegidos dentro da arca.

HISTÓRIA 4
Abraão
conta as estrelas

Gênesis 12.1 - 9
15.1 - 21
Salmo 147.4

Você se lembra da promessa que Deus fez a Adão e Eva de que enviaria um Salvador? Deus escolheu Abraão para fazer parte do grande plano de enviar o Salvador.

O Senhor disse a Abraão: "Saia da sua casa. Deixe os seus amigos e vá para uma terra nova que eu darei a você."

Abraão amava a Deus, e por isso obedeceu. Ele deixou a sua casa e os seus amigos. Deus fez de Abraão o primeiro membro da sua família especial. O Senhor, então, deu a Abraão e à sua mulher Sara:

Mas havia algo que eles não tinham.

Sabe o que era?

Eles não possuíam filhos.
Nem um sequer! Abraão estava triste.
"Será que Deus se esqueceu
de nós?", pensou Abraão.

Não. Nunca!

Deus **nunca** se esquece do seu povo.

O Senhor disse: "Olhe para o céu e conte as estrelas." Abraão olhou para o céu, mas não conseguiu contar as estrelas, pois havia muitas!

"Eu não me esqueci de você", disse Deus.
Ele, então, fez uma promessa a Abraão:
"Darei um filho a você. A sua família será tão grande quanto as estrelas do céu."

Consegue contar todas as estrelas da imagem?

As estrelas ajudam cada um de nós a lembrar que Deus cumpriu a sua promessa a Abraão. O Senhor jamais abandonará o seu povo. Ele sempre se lembra de seus filhos, assim como se lembrou de Abraão.

Sara e seu marido, Abraão, esperaram durante muito, muito, muito tempo. Porém, um dia, eles tiveram um filho chamado Isaque. O seu nome significa "riso".

Abraão e Sara ficaram tão felizes que riram!

Você sabia que Abraão era o tataravô distante de Jesus?

Agora todos que acreditam em Jesus também fazem parte da família de Abraão.

A fé no Salvador faz com que a gente se torne filho de Deus.

Não podemos contar todos os filhos que o Senhor possui, pois são muitos! Mas Deus conhece cada um pelo nome.

HISTÓRIA 5
Rebeca oferece água para os camelos também!

Gênesis 24.1 - 66

Isaque cresceu.

Certo dia, Abraão disse ao seu servo: “Vá buscar uma mulher para casar com meu filho Isaque.”

O servo ficou
preocupado e perguntou:
"E se eu não conseguir
encontrar uma
mulher para Isaque?"
"Vá e não tenha medo",
respondeu Abraão.

"Deus vai nos ajudar.

Ele cumprirá sua promessa."

O servo obedeceu à ordem de seu patrão e levou muitos presentes em cima dos camelos. Ele fez uma longa viagem pelo deserto seco e quente.

Finalmente, o servo chegou ao poço onde mulheres costumavam tirar água. Ele parou ali e orou: "Senhor, por favor, mostra-me quem é a mulher certa para Isaque.

Saberei quem é a escolhida se ela disser: 'Darei água a você... E também darei água para seus camelos'."

Antes que o servo terminasse de orar, surgiu uma linda moça chamada Rebeca. Ela tinha ido pegar água no poço. "O senhor deseja um pouco de água?", perguntou Rebeca.

"Sim", respondeu o servo.

Rebeca, então, disse: "Eu tirarei água para seus camelos também."

Alguma vez já pediu para Deus ajudar você?

Deus ajudou o servo de Abraão a encontrar Rebeca. Rebeca casou-se com Isaque. Muitos, muitos anos depois, Jesus nasceu, como descendente dessa família.

Você precisa da ajuda de Deus hoje?

Saiba que pode pedir ajuda ao Senhor agora mesmo.

HISTÓRIA 6
Surpresa! Deus escolhe Jacó

Gênesis 25.19 - 34
Romanos 9.10 - 13
1Coríntios 1.26 - 30

Isaque e Rebeca casaram-se, e Deus falou com ela por meio de um sonho.

Deus prometeu: "Você terá dois filhos. Eles serão gêmeos. E terá mais uma surpresa – o irmão mais **VELHO** servirá ao mais **NOVO**."
Antes mesmo de os meninos nascerem, Deus escolheu o mais novo.

O sonho assim se tornou realidade.
Isaque e Rebeca tiveram dois filhos.
Jacó era o mais novo e gostava de ficar dentro das tendas, ajudando sua mãe a cozinhar.

Esaú era maior e mais forte que Jacó e gostava de caçar pelos campos, junto com o pai.

Mas quem
Deus escolheu?
Deus não
escolheu o
mais forte.

A escolha de Deus foi uma surpresa.

Antes de os meninos nascerem,
o Senhor escolheu Jacó.

Certa vez, Jacó preparou um **delicioso ensopado vermelho.**

Esaú estava cansado e com muita fome, então pediu: "Jacó, eu quero um pouco desse ensopado." Jacó demorou para responder ao irmão.

Jacó respondeu a Esaú: "Eu posso dar o ensopado se você aceitar trocar de lugar comigo e me deixar ser o irmão mais velho." Isso que Jacó fez foi errado, mas Deus não escolheu o irmão mais correto. Deus escolheu Jacó.

Esaú respondeu: "Estou tão faminto! Está bem, você pode ser o irmão mais velho." E foi assim que Esaú vendeu a Jacó o seu lugar especial na família. Por um prato de ensopado! Dessa forma, a promessa de Deus foi cumprida. O irmão mais velho passou a servir ao irmão mais novo.

Você sabia?

Deus não escolhe os mais fortes ou melhores. Deus escolhe pessoas que precisam dele. O Senhor escolhe pessoas fracas e pecadoras, como Jacó, você e eu. Obrigada, Senhor, por sua escolha surpreendente!

HISTÓRIA 7
Jacó tem um sonho

Gênesis 28.10 – 22
João 1.51

Esaú ficou com muita raiva e essa raiva foi tão grande que Jacó ficou com medo do irmão e fugiu.

Jacó ***correu***

correu

e ***correu***.

Depois de correr tanto,
Jacó ficou cansado demais.

Quando anoiteceu, ele
deitou-se no chão.

Jacó encostou a cabeça em uma pedra,
pois não tinha travesseiro.

Jacó dormiu e teve um sonho.
No sonho,

Deus mostrou a ele uma escada que subia até o céu.

A escada era enorme! Ela estava apoiada na terra e estendia-se até o céu. Havia anjos subindo e descendo por ela, enquanto Deus estava lá em cima, no topo.

O Senhor, então, falou a Jacó: "Você se lembra da promessa que fiz ao seu pai, Isaque, e ao seu avô, Abraão? Eu disse a eles que teriam mais filhos do que as estrelas do céu. Agora estou com você. E vou cuidar de você aonde quer que vá."

Sabe qual é o caminho para chegar ao céu?

Todo aquele que confia em Jesus viverá com Deus no céu. Jesus é o caminho para o céu! É o nosso Salvador que levará todo o povo de Deus para o lugar onde todas as promessas do Senhor são verdadeiras o tempo inteiro. Você já colocou sua confiança em Jesus?

HISTÓRIA 8
Os irmãos de José o vendem

Gênesis 37
39 - 45; 50.20

Jacó teve 12 filhos, mas José era o seu preferido.

12
Você consegue contar quantos irmãos estão na imagem?

Jacó deu a José uma linda capa colorida. Os irmãos de José ficaram com ciúme, pois nenhum deles ganhou uma capa como aquela.

Apesar de José ser um dos irmãos mais novos, seu pai, Jacó, pedia para ele tomar conta dos irmãos mais velhos. Sempre que eles faziam algo errado, José falava para o pai.

Isso deixava os irmãos com **ciúme** e **raiva**.

E isso era bom? Não.

Os irmãos cuidavam do rebanho de ovelhas do pai. Certo dia, José foi ver se estava tudo bem com eles. Quando os irmãos viram, de longe, José se aproximando, disseram: "Vamos pegá-lo!"

Os irmãos, então, rasgaram a capa de José. Depois o lançaram dentro de um poço vazio.

José estava machucado e com medo.
Isso era bom? Não.

Alguns comerciantes se aproximaram em uma caravana com seus camelos. Um dos irmãos teve uma ideia e disse: "Vamos vender José." Os outros concordaram, e, dessa maneira, os comerciantes levaram José para o Egito. Chegando lá, José virou escravo e foi preso. **Isso era bom? Não.**

Muitas coisas ruins aconteceram com José, mas Deus estava sempre com ele. Um dia, o Senhor deu uma oportunidade para José ajudar o faraó, que ficou tão agradecido que tirou José da prisão. Depois faraó entregou a José o comando de toda a terra do Egito.

Depois de algum tempo, a família de José também se mudou para o Egito. Deus ajudou José a perdoar seus irmãos por todo o mal que sofreu por ter sido vendido como escravo.

A família inteira de José
passou a viver unida e feliz.
O plano de Deus foi bom? Sim!
Até mesmo quando coisas
ruins acontecem,

Os planos de Deus continuam sendo **bons!**

Você confia nos planos de Deus?

Muitos anos depois que a história de José aconteceu, Jesus também foi vendido por um de seus amigos. Colocaram Jesus em uma cruz para morrer. O amigo de Jesus fez uma coisa ruim, mas os planos de Deus continuaram sendo bons. Por quê? Porque era vontade de Deus que Jesus morresse pelos nossos pecados. E para quê? Para que todo aquele que confiasse em Jesus pudesse ser salvo. É dessa forma que Deus salva todos nós!

HISTÓRIA 9
Miriã toma conta do cesto

Êxodo 1.1 - 2.10

José e seus irmãos tiveram vários filhos,
e seus filhos também tiveram filhos. Assim,
o povo de Deus encheu toda a terra do Egito.

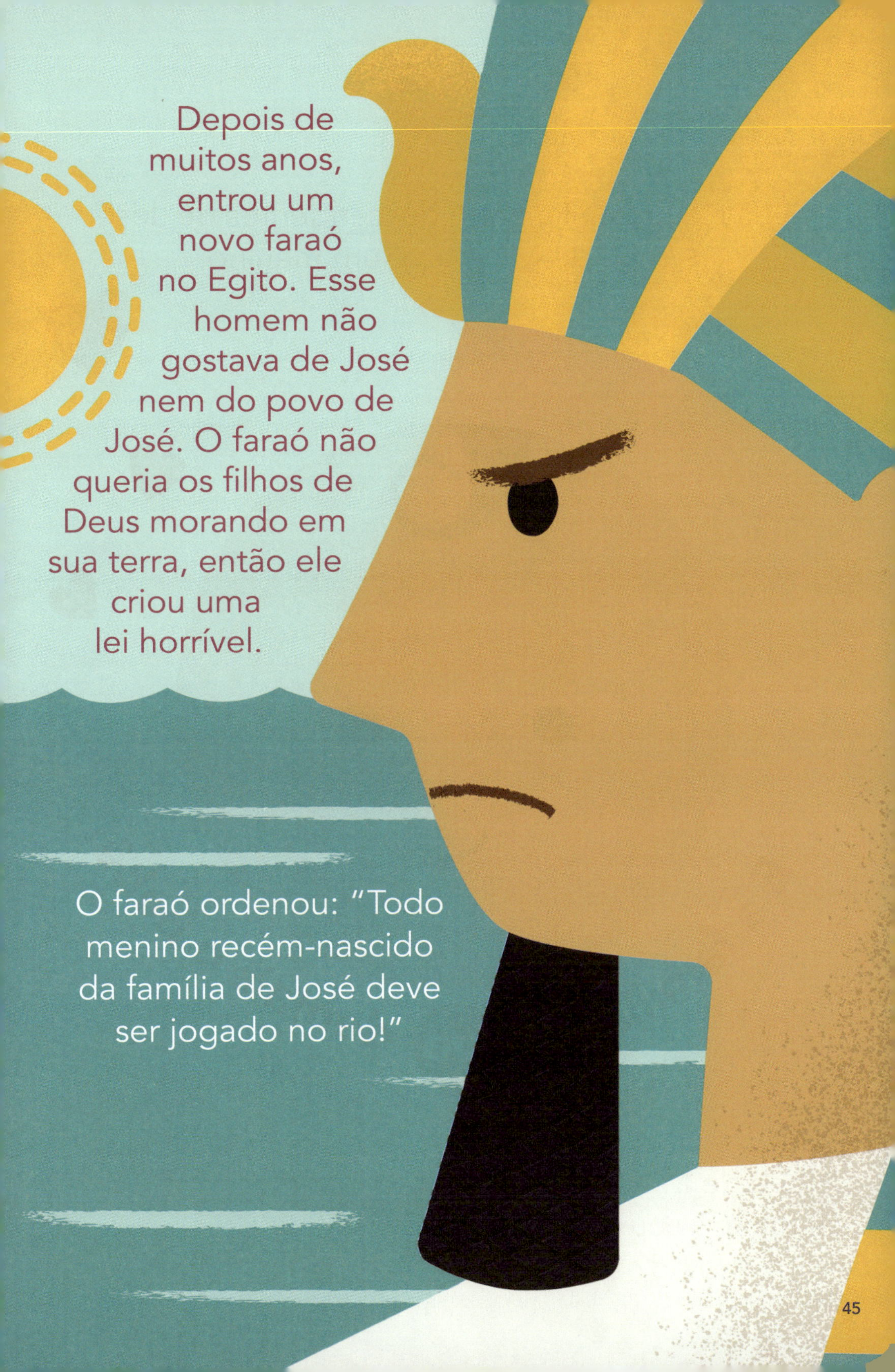

Depois de muitos anos, entrou um novo faraó no Egito. Esse homem não gostava de José nem do povo de José. O faraó não queria os filhos de Deus morando em sua terra, então ele criou uma lei horrível.

O faraó ordenou: "Todo menino recém-nascido da família de José deve ser jogado no rio!"

Miriã e sua família eram descendentes de José.
A mãe de Miriã teve um menino.

A mãe de Miriã seria capaz
de jogar o seu filho amado
no rio? Não!

Miriã viu sua mãe
fazer um cesto.

Ela fechou bem o cesto para
que não entrasse água nele,
colando todas as partes com
piche para que ele flutuasse.

De longe, Miriã observava tudo. Ela viu a mãe colocar o seu irmãozinho dentro do cesto. Depois, escondeu o cesto entre os juncos, que são uma planta parecida com uma grama muito alta. Os juncos ficavam à margem do rio. "Fique tomando conta do cesto", disse a mãe de Miriã, que obedeceu.

O que Miriã viu enquanto observava a paisagem e cuidava do bebê? Ela viu uma princesa chegando perto do rio para tomar banho. Miriã continuou olhando para o cesto. Então a princesa ouviu o bebê chorar! E agora, o que será que ela vai fazer?

Será que a princesa jogaria o bebê dentro do rio? Não.

Porque, enquanto Miriã observava e tomava conta de seu irmão, Deus também estava protegendo o bebê.

Então, a princesa amou o bebê. "Você será meu filho", disse ela. Depois disso, ela deu ao menino o nome de Moisés e o levou para morar em seu lindo palácio.

Deus toma conta do seu povo.

Quem toma conta de você e o mantém seguro?

Deus protege os seus filhos assim como Miriã tomou conta de Moisés. Os filhos de Deus estão tão seguros em Jesus quanto Moisés estava protegido no cesto.

HISTÓRIA 10

Uma sarça wstá em chamas, mas não é consumida pelo fogo

Êxodo 2.11 - 4.17

Moisés cresceu e saiu do Egito. Moisés deixou o lindo palácio onde morava e a princesa que o criou. Ele passou a viver bem longe de lá e a trabalhar como pastor de ovelhas. Enquanto isso, o rei daquele lugar continuava sendo ruim com os descendentes de José.

Um dia, Moisés estava cuidando das ovelhas no deserto quando viu algo muito estranho.

Ele viu uma pequena árvore, chamada sarça, pegando fogo, mas não havia fumaça. A sarça estava queimando, porém seus galhos não eram destruídos. As folhas continuavam verdes. Como pode uma sarça pegar fogo e não ser consumida pelas chamas?

Então Deus falou com Moisés de dentro da sarça.

"O meu povo está sendo escravizado no Egito", disse o Senhor,

"mas eu tenho um plano para resgatá-los. Enviarei você!"

Moisés ficou surpreso e com medo. "Eu?", perguntou Moisés. Ele não gostou do plano do Senhor. "E se o rei não me ouvir?", perguntou.

O Senhor respondeu: "O seu trabalho é mostrar o meu poder ao faraó." Deus mandou Moisés jogar a vara – que ele usava para guiar ovelhas – no chão. Moisés obedeceu. Imediatamente, a vara começou a se transformar.

Ela começou a chocalhar...
e deslizar...
e sibilar.

Ela havia se transformado em uma serpente.
Como a vara de Moisés virou uma serpente?
Foi Deus que a transformou!

E Deus estava com Moisés.

O Senhor disse: "Estarei com você e o transformarei em um líder corajoso. E também ensinarei a você o que falar."

Você sabia?

Deus deu o seu Espírito Santo a Moisés. O Espírito fez de Moisés um grande líder para as pessoas. O Senhor também prometeu dar ao seu povo o seu Espírito Santo, que transforma os filhos do Criador para que eles consigam viver como Jesus.

HISTÓRIA 11
O teimoso
Faraó
diz não!

Êxodo 7 - 11

O povo de Deus continuava a ser escravizado no Egito, mas o Senhor se lembrou de sua promessa para resgatá-los. Deus enviou, então, Moisés até faraó, o rei do Egito.

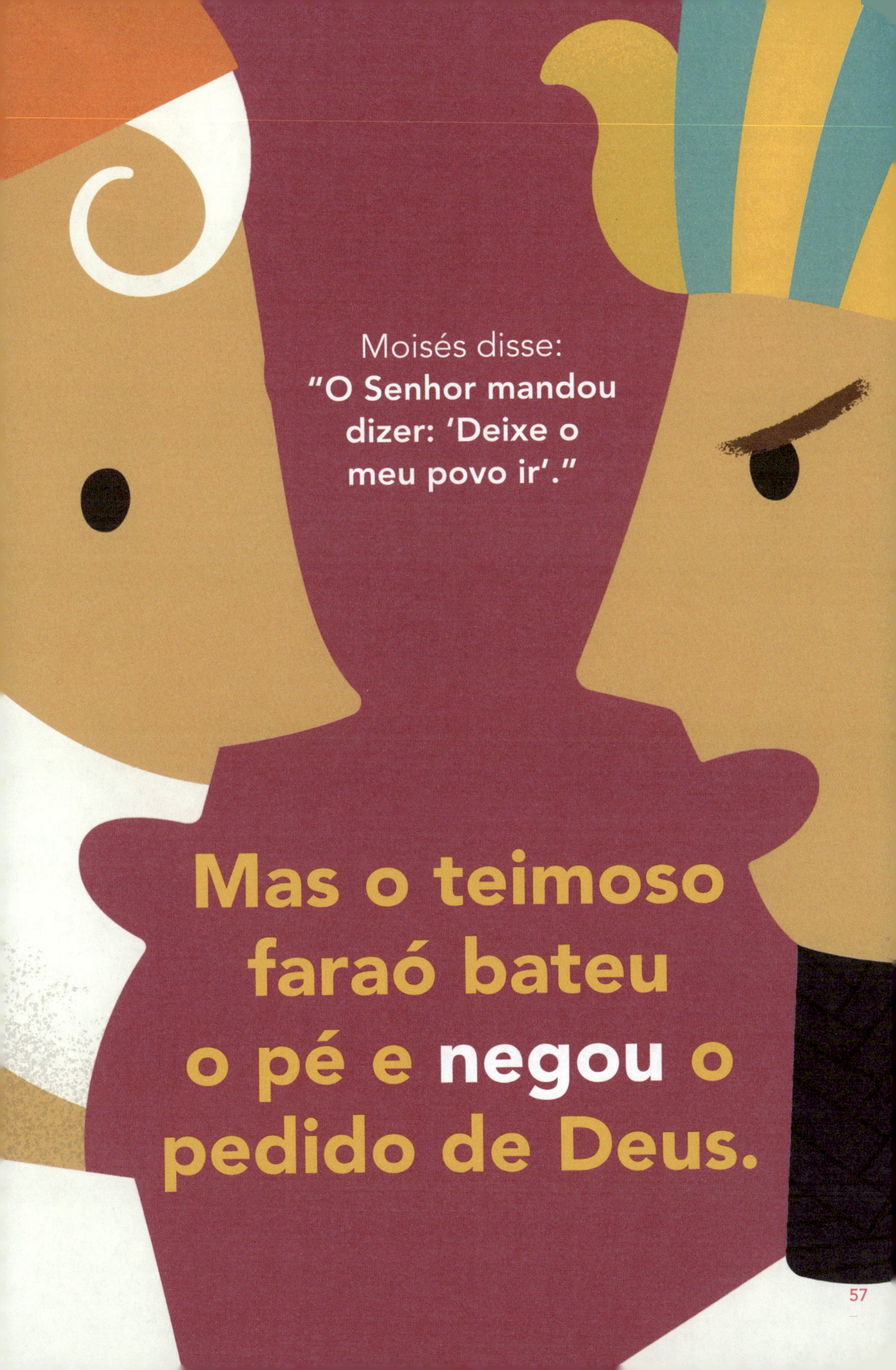

Moisés disse:
"O Senhor mandou dizer: 'Deixe o meu povo ir'."

Mas o teimoso faraó bateu o pé e negou o pedido de Deus.

Depois disso, Moisés se aproximou de um rio enorme e tocou a água com a sua vara. De repente, toda a água do Egito virou sangue.

Eca!

O povo do Egito não tinha nada para beber. Moisés, então, disse de novo ao faraó: "Deixe o povo de Deus ir." Porém, mais uma vez, o teimoso faraó disse não.

Então Deus encheu a terra
do Egito de

rãs,

piolhos

e
moscas

Quando as pessoas abriam
o fogão... surpresa!
Saltava uma rã.
Quando abriam os
armários... bzzz!
Voavam moscas.

CHEGA!

Faraó mudou de ideia e resolveu dizer sim. Ele disse: "Moisés, por favor, ore a Deus por mim." Moisés orou, e o Senhor tirou as rãs, os piolhos e as moscas da terra do Egito. Mas o teimoso faraó mudou de ideia outra vez e não deixou o povo ir embora.

Por causa disso, todas as vacas e ovelhas do Egito ficaram doentes. As pessoas começaram a ter feridas em seus corpos. Deus lançou granizo – gelo do céu – e enviou gafanhotos para comerem toda a vegetação.

O Senhor cobriu toda a terra do Egito com trevas.

Faraó começou a chorar. "Ah, Moisés! Tomei decisões erradas e desobedeci a Deus. Por favor, dê um fim a essas pragas." Então Deus retirou as pragas, mas...

O teimoso faraó gritou:

Você já disse "não" quando deveria ter obedecido?

Nós, às vezes, somos tão teimosos quanto o faraó. Mas nossa teimosia não pode impedir a promessa de Deus. Jesus pode nos salvar de manter o coração teimoso.

HISTÓRIA 12
Para que serve o cordeiro?

Êxodo 11 - 12
1João 2.2

Os egípcios estavam cansados de rãs, piolhos e moscas. Não aguentavam mais doenças, gafanhotos e trevas. Finalmente, eles desejavam deixar o povo de Deus ir embora.

Mas o faraó gritou: "Não!"

NÃO!

Foi um erro terrível. Moisés falou: "Faraó, desta vez não serão apenas rãs, piolhos e moscas. Nesta mesma noite, o filho mais velho de cada família do Egito morrerá – até o seu filho."

Faraó, entretanto, continuou dizendo: "Não!"

Naquela mesma noite, Moisés disse ao povo de Deus para escolher um cordeiro perfeito – sem defeitos ou manchas. Eles deveriam preparar o animal para o jantar.

Depois, Moisés mandou o povo pegar o sangue do cordeiro e passar nas laterais e nas vigas das portas da frente das casas. Todos fizeram o que o Senhor ordenou.

Na manhã seguinte, faraó estava chorando. As palavras de Deus, ditas por meio de Moisés, cumpriram-se. O filho mais velho de faraó morreu, assim como todos os filhos mais velhos das famílias egípcias. Mas não aconteceu nada aos filhos mais velhos do povo do Criador. Agora faraó sabia que Deus era mais poderoso do que um rei. Faraó, por fim, disse: "Sim, o povo de Deus pode ir embora."

O povo de Deus seguiu as instruções de Moisés.

Em todas as casas,
as crianças perguntaram:
"Para que serve o cordeiro?"

Os pais responderam:

"O cordeiro perfeito nos lembra que Deus nos prometeu o perdão.

Esta refeição especial é chamada 'Páscoa', porque o Senhor não deixou a praga entrar em nossa casa e não matou nosso filho mais velho, como ele fez nas casas dos egípcios."

Como Deus cumpre sua promessa de perdão hoje?

Por meio de Jesus. Jesus é o verdadeiro Cordeiro de Deus. O seu sangue pagou pelos pecados do mundo.

HISTÓRIA 13
Sem
saída

Êxodo 14

O povo de Deus saiu do Egito o mais ***rápido*** que pôde.

Moisés andava na frente, liderando o povo.
Deus guiou seu povo com uma nuvem
durante o dia. Durante a noite,
a nuvem transformava-se em fogo.

O povo
sempre
conseguia ver
aonde Deus
queria que
fossem.

Eles chegaram ao mar Vermelho.
Era tão grande quanto um oceano.

Não podiam **atravessá-lo.**

Não podiam voar **por cima dele.**

Não podiam cavar um buraco para passar por **baixo.**

A nuvem que guiava o povo ficou parada acima do mar, enquanto todas as pessoas ficaram debaixo do sol quente. Elas começaram a reclamar: "Por que nos trouxe até aqui, Moisés? Está muito calor!"

Moisés olhou para trás e viu que faraó estava se aproximando com carros de guerra, cavalos e o exército. Ele estava indo buscar o povo de Deus para levá-lo de volta ao Egito. Parecia que Moisés e os filhos do Criador estavam encurralados, sem chance de escapar.

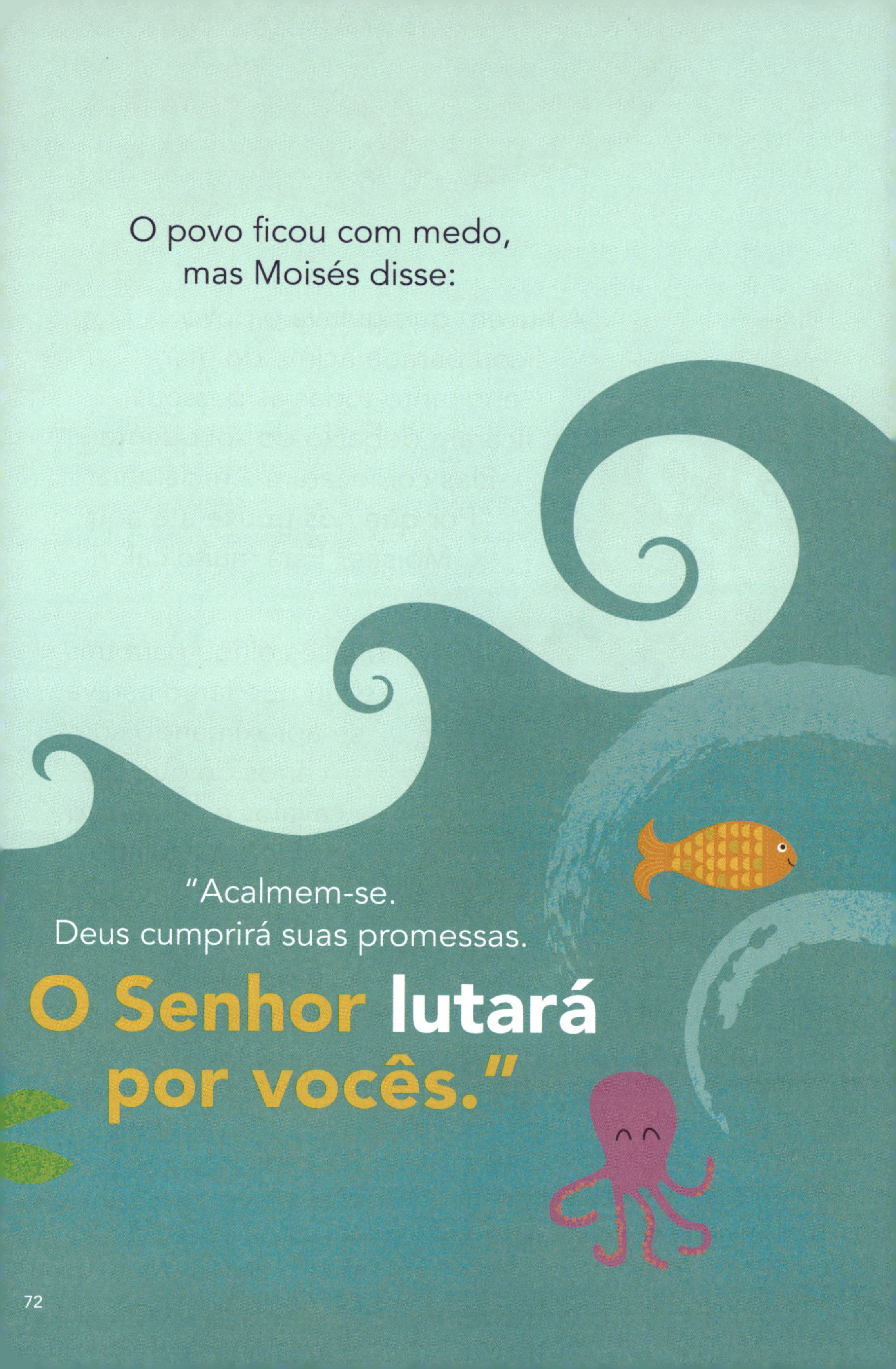

O povo ficou com medo,
mas Moisés disse:

“Acalmem-se.
Deus cumprirá suas promessas.

O Senhor lutará por vocês.”

Deus, então, mandou Moisés estender sua vara sobre o mar. Imediatamente, as águas se dividiram. Havia uma parede gigante de água à direita e outra à esquerda. O povo de Deus atravessou pelo meio do mar, em terra seca.

Deus protegeu o seu povo até todos chegarem ao outro lado do mar. Logo depois, Moisés estendeu a vara sobre o mar novamente.

As águas voltaram
ao lugar original e cobriram faraó
e seus carros de guerra.
Aquela foi a última vez que
o povo de Deus viu
o faraó teimoso e os egípcios.

Você já sentiu medo?

Quando sentimos medo, podemos confiar em Jesus. Ele está do nosso lado e luta pelo seu povo.

HISTÓRIA 14
Surge um bezerro!

Êxodo 20.32

Moisés levou o povo de Deus a uma grande montanha.

Moisés subiu ao topo da montanha, e Deus falou com ele durante vários dias.

O Senhor entregou a Moisés sua lei e seus mandamentos em tábuas de pedra. Um dos mandamentos de Deus dizia:

"NÃO creiam em ídolos nem adorem falsos deuses."

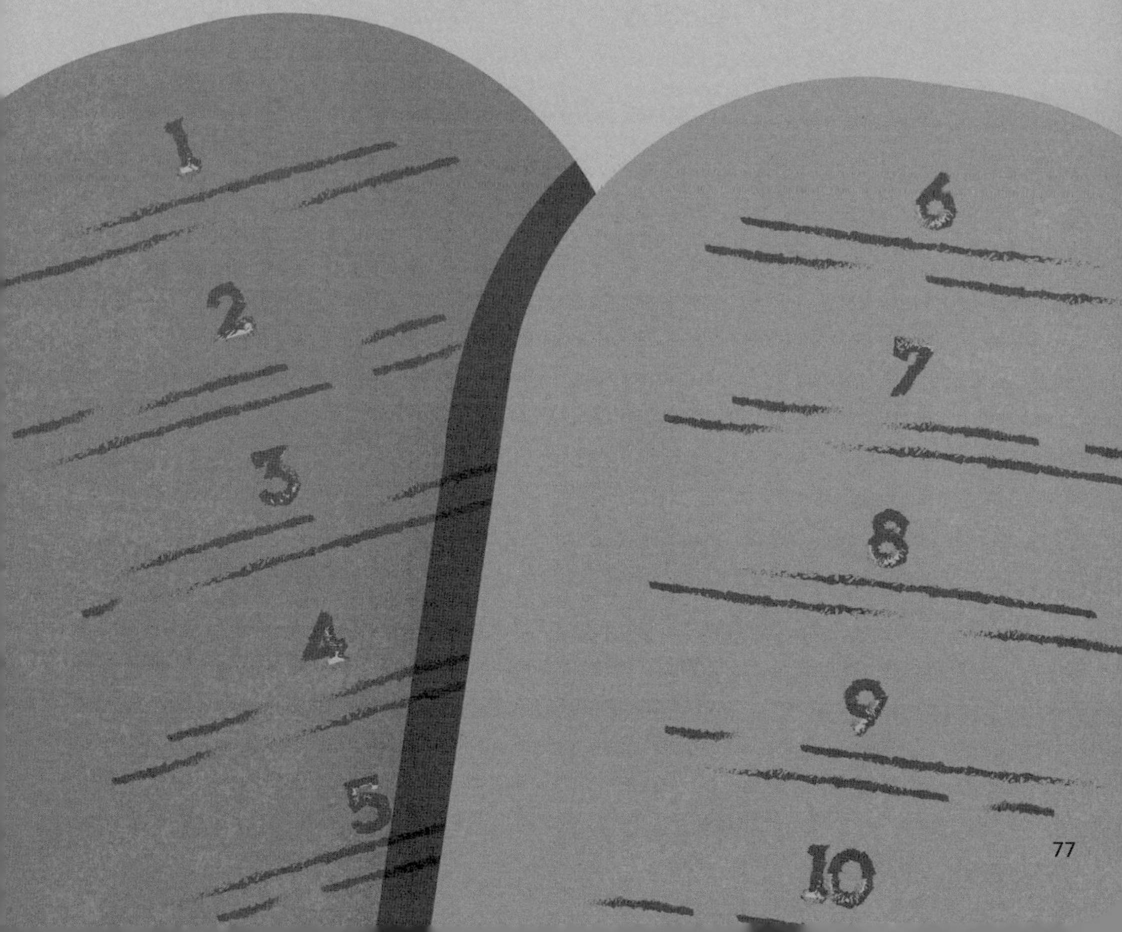

Moisés ficou no topo da montanha por muito tempo. Ele demorou tanto, que o povo pensou: ele não vai mais voltar.

Por causa dessa demora, Arão, irmão de Moisés, disse ao povo: "Quero que me entreguem todas as coisas de ouro que vocês têm. Podem ser brincos, colares e moedas."

Arão derreteu o ouro em uma fogueira e o modelou em forma de bezerro – um bezerro de ouro.

Depois, o povo fez uma

FESTA.

Eles louvaram e adoraram o bezerro de ouro e disseram: "Este é o nosso deus, que nos tirou do Egito!"

Ah, não!
O povo não amava a Deus acima de todas as coisas.

Ah, não!
O povo não obedeceu à lei do Senhor.

Moisés desceu depressa da montanha com as tábuas de pedra que o Criador entregou a ele.

PARA BAIXO!

Moisés viu o povo e ficou muito irritado com seu irmão Arão. Sua raiva foi tão grande que jogou as tábuas no chão, quebrando-as.

Nesse momento, Moisés perguntou a Arão: "O que você fez? Por que desobedeceu a Deus?" Arão mentiu, dizendo: "O povo me deu todo seu ouro, eu o joguei no fogo e surgiu esse bezerro!"

Moisés
ficou
triste.

Moisés orou pelo povo.

Ele disse: "Senhor, não se esqueça das suas promessas. Por favor, perdoe o pecado deste povo."

Você já ficou irritado com seu irmão, sua irmã ou com um amigo?

Em vez de ficarmos bravos quando alguém erra com a gente, podemos escolher orar pela pessoa. Podemos orar, porque Jesus também ora por nós quando pecamos.

HISTÓRIA 15

Dez espias dão um relatório ruim

Números 13 - 14

O povo de Deus continuou caminhando por muito tempo. Finalmente, o povo chegou à terra que Deus havia prometido a Abraão muitos anos atrás. Eles não sabiam como era aquela terra.

Será que as pessoas de lá viviam em

cidades pequenas ou GRANDES?

Será que os moradores de lá eram

FORTES ou **fracos?**

Será que o alimento de lá era

gostoso ou **ruim?**

Moisés, então, enviou doze homens para observar a terra e descobrir tudo sobre ela. Esses homens eram chamados de espias.

Shiii!

Os espias esconderam-se para observar como era aquela terra.

Quando voltaram, contaram tudo o que viram a Moisés: "Os alimentos de lá são muito bons. A terra é cheia de leite, mel **e frutas gostosas...**

MAS é uma terra muito perigosa!

As cidades têm muros bastante altos.
E as pessoas que moram lá são gigantes.
Elas são tão grandes que nos fazem
parecer pequenos como gafanhotos."

Dez espias ficaram muito assustados. "Que horror!", exclamaram eles, "Estamos com muito medo."

Porém, dois espias, Josué e Calebe, confiavam em Deus. "Não tenham medo", disseram eles. "As pessoas que moram naquela terra são grandes, mas Deus é maior. Nós podemos entrar.

Nós podemos ser corajosos, porque Deus está com a gente."

O povo de Deus precisou fazer uma escolha: dar ouvidos aos dez espias amedrontados ou acreditar em Josué e Calebe?

O povo fez a escolha errada.
"Por que viemos para esta terra assustadora?"
O povo reclamou e começou a arrumar as coisas para ir embora.

Eles queriam voltar para o Egito. Mas o Senhor não deixou que voltassem.

Deus, no entanto, também não permitiu que eles entrassem na Terra Prometida.

Por causa das reclamações, o Senhor fez com que o povo permanecesse no deserto quente por mais quarenta longos anos.

Você já fez algo corajoso?

Às vezes, nós desobedecemos a Deus por medo de fazer algo assustador.

Mas Jesus era sempre corajoso.

Ele confiava no plano de Deus e morreu por nossos pecados.

Agora, nós também podemos ser corajosos.

Porque Jesus está sempre com a gente.

HISTÓRIA 16

A serpente no alto de um poste

Números 21.4 - 9
João 3.14 - 15

O povo de Deus caminhou pelo deserto por mais de quarenta anos.
O deserto era quente e seco.
O povo estava muito cansado!

Então começaram a reclamar e reclamar e reclamar.
Sem parar!

Deus ficou chateado com tanta ingratidão. Por isso, enviou serpentes venenosas ao acampamento. Essas víboras morderam as pessoas, e elas ficaram doentes.

Enquanto se sentia mal, com dor e bastante enjoo, o povo percebeu que tinha pecado contra Deus. Tudo porque reclamaram muito do Criador, que sempre havia sido generoso com seus filhos. Eles, então, imploraram a Moisés:

"Salve a gente! Peça ao Senhor que tire as serpentes daqui."

Moisés orou a Deus, mas ele não tirou as serpentes do acampamento.

Em vez disso, o Senhor mandou Moisés fazer uma serpente de mentira

e colocá-la no alto de um poste. Assim, todos poderiam vê-la.

Moisés disse ao povo:
"Olhem para a serpente de mentira
e vocês serão curados."
As pessoas mordidas pelas serpentes
fixaram os olhos na serpente feita
por Moisés e foram curadas.

Todo mundo reclama! Nós reclamamos quando não conseguimos o que desejamos. Reclamamos quando precisamos dividir alguma coisa. Reclamamos quando temos que comer algo de que não gostamos.

Algumas vezes reclamamos até mesmo de Deus. Reclamar é pecado, e o Senhor diz que o pecado entristece seu coração.

Mas temos boas notícias! Jesus disse: "Eu sou como a serpente feita por Moisés no deserto." Jesus também foi levantado bem alto na cruz.

Você já depositou sua confiança em Jesus?

Deus ama tanto o mundo que enviou Jesus. Todo aquele que confia em Jesus será salvo dos seus pecados e viverá com Deus para sempre.

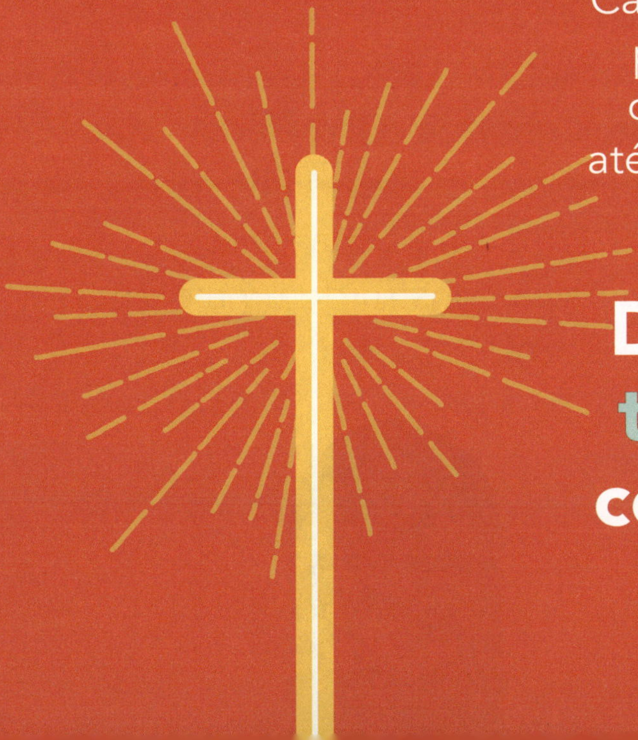

Cada pessoa que olha para Jesus é salva dos seus pecados, até mesmo do pecado da reclamação!

Deus salva todos que confiam em Jesus

HISTÓRIA 17
A muralha É derrubada

Josué 1.9; 6.1 - 27

Finalmente o povo de Deus estava pronto para entrar na Terra Prometida. Eles, porém, tinham inimigos naquele lugar que não queriam que os filhos do Criador entrassem. Esses inimigos viviam em cidades grandes. Uma delas chamava-se Jericó. O povo de Jericó havia construído uma grande muralha ao redor da cidade.

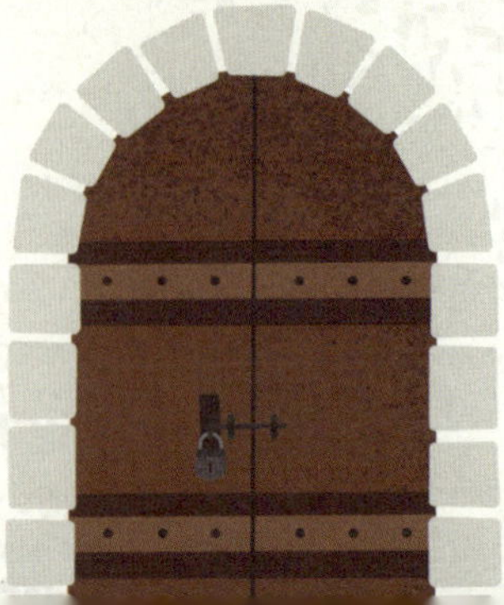

Eles trancaram todas as portas. Assim, ninguém podia entrar ou sair de Jericó.

Deus falou com Josué, ajudante de Moisés, dizendo: "Eu darei Jericó a você, pois essa cidade faz parte da Terra Prometida. O povo de lá pode trancar as portas, mas não conseguirão impedir que vocês entrem. Porque eu irei com vocês. Lutarei pelo meu povo."

O Senhor contou o seu plano a Josué: “Marchem silenciosamente uma vez ao redor da cidade de Jericó durante seis dias.

No sétimo dia, marchem sete vezes ao redor da cidade. Quando terminarem, toquem as trombetas e gritem o mais alto que conseguirem.”

Josué confiou em Deus, e o povo fez exatamente o que o Senhor mandou. Os filhos do Senhor marcharam e marcharam ao redor de Jericó um dia, dois dias, três dias, quatro dias, cinco dias, seis dias. No sétimo dia, tocaram as trombetas.

Tarará, tarará, tarará

E o povo gritou:

Aaahhh!

Os muros da cidade caíram completamente.

Plaft!

Por que o povo de Deus venceu aquela batalha?

Será que foi porque marcharam ao redor da cidade?

Não.

Será que foi porque tocaram trombetas?

Não.

Como o povo de Deus é salvo dos pecados?

Será que foi porque gritaram bastante?

Não.

Ir à igreja vai salvar você dos seus pecados? Ler a Bíblia vai salvar você dos seus pecados? Orar vai salvar você dos seus pecados? Não.

Não podemos fazer nada para conseguir a salvação. É Jesus que vence o pecado pelo seu povo. Somente Jesus pode nos salvar dos nossos pecados.

DEUS derrubou os muros de Jericó. DEUS entregou a cidade a Josué.

DEUS venceu a batalha pelo seu povo.

HISTÓRIA 18

Deus dá uma nova família à Noemi

Rute
Mateus 19.29

Noemi morava na Terra Prometida com o marido e dois filhos. Eles não tinham o que comer, então precisaram deixar sua casa. A família de Noemi mudou-se para outro lugar, onde havia alimento para todos.

Durante o tempo em que viveram fora da terra de Deus, os filhos de Noemi cresceram e se casaram.

Porém, algo muito triste aconteceu.
O marido de Noemi morreu. Depois,
os seus dois filhos também morreram.

Noemi ficou muito triste. Ela sentiu
que havia perdido tudo o que tinha.

No entanto, Noemi ainda tinha Rute.
Rute era a mulher de um dos filhos de Noemi.

Rute disse à Noemi: "Eu amo a senhora e ficarei ao seu lado. Irei aonde quer que você vá. Morarei onde você morar. Sua família será a minha família. O Deus verdadeiro a quem você adora também será o meu Deus."

Noemi decidiu voltar para a Terra Prometida. Rute foi junto e cuidava de Noemi. Chegando lá, Rute foi até um campo onde morava um homem chamado Boaz. Rute seguia atrás dos trabalhadores desse campo, recolhendo as espigas que sobravam e caíam no chão. Ela levava tudo o que conseguia recolher para Noemi preparar comida.

Boaz observava Rute toda vez que ela estava em seu campo. Ele ficou feliz de ver que ela trabalhava bastante para cuidar de Noemi. Boaz queria ajudar Rute, porque ele a amava. Rute também se apaixonou por Boaz. Além disso, ele era um homem que poderia ajudar a ela e à Noemi. Por isso, Rute e Boaz se casaram e tiveram um filho.

Antes, Noemi estava triste, mas agora estava feliz. Deus nunca se esqueceu dela.

O Senhor deu uma nova família à Noemi.

Você sabia que Rute era a bisavó do rei Davi?

E não apenas isso. Ela foi uma antepassada distante de Jesus também. Deus deu a Noemi e Rute uma nova família. E também deu a elas a honra de fazer parte da árvore genealógica do Rei Jesus!

HISTÓRIA 19

Ana ora a Deus

1Samuel 1

Muitos anos depois, um homem chamado Elcana vivia na Terra Prometida de Deus. A mulher de Elcana chamava-se Ana, e ele a amava muito. Mas Ana estava muito triste, porque não tinha filhos.

Mais do que tudo, Ana queria ter um bebê. Ela sempre orava, pedindo um filho a Deus.

Ana orou e orou.
Ana chorou e chorou.

Finalmente, Ana fez uma promessa:
"Senhor, por favor, não se esqueça de mim.
Se o Senhor me der um filho, eu o devolverei ao Senhor. Ele servirá na casa de Deus por toda a vida."

Ana pensou que talvez o Senhor não a estivesse ouvindo. E pensou que Deus havia se esquecido dela. Mas, mesmo quando nos sentimos esquecidos,

Deus sempre ouve nossas orações.

E Deus ouviu a
oração de Ana.
E ele a respondeu.

Pouco tempo depois, Ana teve um filho. Ela deu a ele o nome "Samuel", que significa "Deus ouve".

Você às vezes se sente sozinho ou esquecido?

Até quando nos sentimos sozinhos, o Espírito de Deus está com a gente. O Senhor não se esquece de nós. Ele nos escuta quando oramos. Nós podemos orar agora mesmo e Deus nos ouvirá.

HISTÓRIA 20
Davi enfrenta Golias

1Samuel 17

Na Terra Prometida de Deus, havia uma pequena cidade chamada Belém. Lá, morava um menino chamado Davi. Todos os dias, Davi ajudava a família, cuidando de ovelhas.

Quando leões ou ursos
se aproximavam para atacar
as ovelhas, Deus ajudava Davi
a espantá-los com seu cajado
e seu estilingue.

Davi tinha muitos irmãos
mais velhos. Eles eram soldados
que lutavam pelo povo de Deus.
Certo dia, Davi deixou suas ovelhas
para levar comida aos irmãos.

Os irmãos de Davi estavam acampados no alto de uma colina junto ao exército do rei. No topo de outra colina, estavam os inimigos do povo de Deus.

No exército inimigo havia um gigante chamado Golias.

Ele era enorme!

Golias vestia, da cabeça aos pés, uma armadura muito pesada. Golias tinha uma espada comprida e uma lança muito grande.

Todos os dias, Golias gritava:
"Escolham um de seus soldados para lutar comigo!"

Ao ouvir as palavras de Golias, o povo de Deus ficou apavorado. Até o rei ficou com medo.

Davi era pequeno, mas ao ouvir o gigante gritar, não se assustou. Davi disse: "Não tenham medo.

Nós podemos confiar em Deus para nos salvar.

O Senhor me ajudará a lutar contra Golias."

Golias tinha uma armadura e uma espada muito grande.

Davi tinha apenas um pequeno estilingue.

Davi colocou uma pedra no estilingue e se preparou para lançá-la.

A pedra atingiu Golias bem no meio da testa. O gigante caiu com o rosto no chão e morreu. Quando os inimigos viram que Golias estava morto, recuaram e fugiram.

De que você tem medo?

Davi lutou contra um gigante assustador. Mas ele confiou em Deus para salvá-lo! Quando temos medo, nós podemos confiar em Jesus, pois ele nos salva.

HISTÓRIA 21

Davi e Jônatas são amigos

1 Samuel 18 - 20
Provérbios 17.17
João 15.15

O povo de Deus amava Davi.
Eles contavam histórias sobre como Davi era maravilhoso.

Até mesmo cantavam canções sobre ele.

Porém, o rei Saul não
gostava de Davi.
O rei Saul tinha inveja dele.

Saul queria que
o povo contasse
histórias e cantasse
canções sobre ele.

Cada vez que Deus
ajudava Davi a vencer
outra batalha, Saul
ficava com mais
raiva e ainda
mais inveja.

O rei Saul tinha
um filho chamado
Jônatas, que era um
príncipe.
O príncipe Jônatas
era bom com Davi e
decidiu que seriam
amigos.

Davi estava com medo de Saul, porque o rei tinha um coração invejoso e cheio de ódio. Mas Jônatas queria ajudar e proteger Davi.

Ele prometeu a Davi: "Eu o ajudarei a fugir do meu pai, o invejoso rei Saul. Serei seu amigo para sempre."

Um amigo é aquele que nos ama em todos os momentos.

Os dois amigos armaram um plano. Davi encontrou um bom esconderijo no campo e esperou ali. Jônatas foi até o campo de manhã cedo e atirou três flechas para o alto. Esse era o sinal dele para Davi. Jônatas contou a Davi que o rei Saul estava muito bravo. Ele alertou Davi sobre o perigo e disse ao amigo que fugisse e se escondesse.

Mesmo depois que Davi se tornou o rei de Israel, ele nunca se esqueceu de como o seu amigo Jônatas o ajudou quando precisou.

Quem é o seu melhor amigo?

Jesus é o rei dos reis. O Rei Jesus escolheu ser nosso amigo. Por isso, podemos confiar que Jesus nos ama em todos os momentos.

HISTÓRIA 22

Salomão escolhe com sabedoria

1Reis 10
2Crônicas 1
Mateus 12.42
Tiago 1.5

O rei Davi teve um filho chamado Salomão. Depois da morte de Davi, Deus escolheu Salomão para ser o próximo rei. O Senhor disse a Salomão: "Peça-me o que você quiser, e eu darei a você."

Salomão poderia ter pedido muito **dinheiro**.

Mas ele não pediu.

Salomão poderia ter pedido muitas **casas e terras.**

Mas ele não pediu.

Salomão queria ser um bom rei, assim como o seu pai; então ele pediu a Deus sabedoria para fazer escolhas certas.

Deus dá sabedoria a **quem** pedir a ele.

Salomão pediu sabedoria, e Deus disse sim!

Salomão tornou-se o rei mais sábio e rico do mundo. Todos sabiam como Salomão era sábio e rico. Quando a rainha de Sabá soube da fama de Salomão, decidiu visitá-lo.

Ela chegou ao palácio com vários camelos carregados de presentes para o rei.

Ela levou ouro,
especiarias,
diamantes e
rubis.

A rainha sentou-se e fez muitas perguntas difíceis a Salomão.

Salomão respondeu a cada uma delas! Nada era difícil demais para ele explicar. A rainha de Sabá ficou impressionada.

Com quem nós devemos falar quando precisamos de sabedoria?

Muitas pessoas vinham de longe só para ouvir Salomão e as suas sábias palavras. Mas nós conhecemos alguém que é ainda mais sábio do que o rei Salomão: Jesus! Jesus é o nosso Rei sábio, e ele dá sabedoria livremente a todo aquele que pedir.

HISTÓRIA 23

Jeremias é lançado em um poço

Jeremias 38.1 - 13
Lamentações 3.22 - 24
Salmo 40.1 - 3

Depois da morte de Salomão,
Israel teve muitos **reis maus.**

Esses reis e o povo de Deus esqueceram-se do Senhor e dos seus mandamentos.

Então, Deus enviou profetas para alertá-los: "Abandonem seus pecados e confiem no único Deus verdadeiro."

Um dos profetas de Deus era Jeremias. Os ajudantes do rei não gostavam de Jeremias. Eles ficavam bravos quando Jeremias dizia que estavam desobedecendo ao Senhor.

Esses ajudantes do rei tampavam os ouvidos com as mãos e gritavam:

Os ajudantes malvados do rei montaram um plano terrível contra Jeremias. Eles jogaram Jeremias dentro de um poço muito profundo. O profeta caiu na lama do fundo do poço.

O poço era profundo e lamacento. Jeremias estava atolado na lama e não conseguia sair de lá. Precisava muito de alguém para ajudá-lo.

Deus tem **misericórdia** do seu povo.

Então, Deus enviou um amigo para resgatar Jeremias do fundo do poço.

Um servo do palácio socorreu Jeremias. Ele juntou alguns homens para ajudá-lo a descer cordas e puxar Jeremias, com cuidado, para fora do poço.

Você se lembra de alguma vez que precisou de ajuda?

Deus tem misericórdia do seu povo. O Senhor nos resgata quando estamos em perigo e precisamos de ajuda.

HISTÓRIA 24

Três amigos recusam-se a se prostrar

Daniel 3
Salmo 145.3
Jeremias 9.24

O povo de Deus não deu ouvidos aos alertas do Senhor; então eles tiveram que deixar a sua terra. Fora da Terra Prometida de Deus, eles tornaram-se escravos em um lugar governado pelo rei Nabucodonosor.

O rei Nabucodonosor era o rei mais poderoso do mundo naquela época. Certo dia, ele disse: "Construam uma estátua gigante de ouro. Ela deve ter vinte e sete metros de altura e ter a MINHA imagem."

Depois,
o rei reuniu todos
os músicos do reino.
"Peguem trombetas, flautas,
violões, harpas e gaitas. Quero que
cantem uma música sobre MIM."

Então, o rei emitiu um decreto:
"Sempre que ouvirem a MINHA música,
todos devem se ajoelhar e adorar a
MINHA estátua de ouro!"

O rei amava ouvir o povo dizer
que ele era O MAIOR.

Os habitantes do reino ajoelharam-se e adoraram a estátua do rei Nabucodonosor. Mas não todos! Três amigos corajosos, que faziam parte do povo de Deus e moravam ali, não se ajoelharam. Eles sabiam que o único que merecia adoração era o verdadeiro Deus. Os três amigos chamavam-se Sadraque, Mesaque e Abede-Nego.

Quando o rei Nabucodonosor soube dos três amigos que não queriam se ajoelhar e adorar sua imagem, ficou furioso. Ele disse aos três: "Vocês devem se ajoelhar. Se não fizerem isso, eu lançarei vocês em uma fornalha em chamas."

Sadraque, Mesaque e Abede-Nego confiavam em Deus. Eles responderam ao rei: "Você é poderoso, mas Deus é MAIS poderoso. Sua estátua é grande, mas Deus é MAIOR.

Deus é maior e mais poderoso do que todos.

O Senhor pode nos salvar do fogo! Mas, ainda que ele não faça isso, não prestaremos culto à sua imagem ou a você. Nós adoraremos somente a DEUS."

Essa resposta deixou o rei Nabucodonosor furioso. Então ele atirou Sadraque, Mesaque e Abede-Nego na fornalha em chamas.

Deus, porém, enviou um anjo para proteger os três amigos. O anjo impediu que o fogo os queimasse. Nem mesmo seus cabelos e suas roupas foram tocados pelo fogo.

O rei Nabucodonosor ficou impressionado. Em vez de elogiar a si mesmo, ele passou a exaltar Deus. Nabucodonosor disse: "Louvado seja o Deus de Sadraque, Mesaque e Abede-Nego, que os salvou da fornalha em chamas!"

Nós também podemos engrandecer Deus!

Nós podemos exaltar Jesus! Podemos elogiá-lo e louvá-lo por ter salvado seu povo – louvá-lo porque ELE é o maior e o mais poderoso.

HISTÓRIA 25
A rainha Ester decide falar

Ester
1João 2.1 - 2

O rei Xerxes governava a Pérsia. Ele casou-se com uma jovem chamada Ester. Ela fazia parte do povo de Deus, mas ninguém sabia disso, porque era um segredo.

Ester tinha um tio chamado Mordecai, e ele a amava. Certo dia, Mordecai soube de uma notícia terrível. Hamã, o ajudante do rei, planejava matar todo o povo do Senhor.

O povo de Deus precisava de ajuda!

O povo de Deus necessitava ser defendido por alguém.

Alguém precisava contar ao rei sobre o plano maligno de Hamã.

Mordecai sabia quem poderia socorrer os filhos de Deus: Ester. A jovem podia ajudar a defendê-los!

Como? A rainha Ester podia contar seu segredo ao rei. Se o rei Xerxes soubesse que ela também fazia parte da família de Deus, não permitiria que Hamã cumprisse o plano terrível.

Mas Ester estava com muito medo. "E se o rei Xerxes ficar bravo quando eu falar com ele?", pensou ela. "E se o rei quiser me matar quando descobrir que faço parte do povo de Deus?"

Ester pediu que Mordecai orasse por ela. Além disso, a jovem também pediu que o povo de Deus orasse. Todos se ajoelharam e falaram com o Senhor; queriam que ele ajudasse Ester. Oraram, oraram e oraram. Só depois a rainha Ester foi falar com o rei.

O rei Xerxes ficou feliz ao ver Ester. Ele a recebeu na sala do trono. Ester contou o seu segredo ao rei. Quando o rei soube que ela fazia parte do povo de Deus, ele puniu o perverso Hamã, e o povo do Senhor foi salvo. Deus atendeu as orações do seu povo.

Você já sentiu medo de defender outra pessoa?

Podemos ser corajosos e defender quem precisa, porque Jesus faz isso por nós. Jesus nos defende de qualquer mal, assim como Ester salvou seu povo diante do rei Xerxes.

HISTÓRIA 26
Neemias fica triste

Neemias 1.1 - 2.10

Estava na hora de o povo de Deus voltar para casa. Porém, quando chegaram à Terra Prometida, ela era só ruínas. A cidade de Jerusalém estava destruída. Os muros, derrubados, e as portas da cidade, queimadas. O fogo fez tudo virar cinzas.

Quando o profeta Neemias soube que os muros de Jerusalém estavam arruinados e que as portas tinham sido queimadas, ficou muito triste. "Se inimigos tentarem invadir Jerusalém, não há muros para proteger o povo de Deus", pensou ele. Neemias começou a chorar. Será que o Senhor havia se esquecido de suas promessas? Será que ele não amava mais o seu povo?

Mesmo triste, Neemias não deixou de confiar em Deus. Ele orou: "Senhor, por favor, lembre-se de suas promessas. Por favor, seja bondoso com seu povo. Precisamos de ajuda para reconstruir a cidade de Jerusalém e reerguer os muros."

O Senhor **nos escuta** quando estamos tristes.

Deus ouviu a oração de Neemias.

E respondeu a sua oração. Mas como Deus ajudou?

Neemias trabalhava para o rei.
Um dia, ele estava servindo a sua majestade no palácio. Durante o jantar, o rei perguntou: "Por que está tão triste, Neemias?"

Neemias respondeu: "Estou triste porque a cidade do meu povo está destruída. Os muros foram derrubados, e as portas, queimadas."

O que acha que o rei respondeu?

Ele disse a Neemias que gostaria de ajudá-lo! O rei falou: "Você pode ir para Jerusalém reconstruir os muros da cidade, Neemias."

Além disso, o rei deu a Neemias madeira e outros materiais necessários para a reconstrução.

Ele também enviou o exército para proteger Neemias e os outros construtores.

Você se lembra de alguma vez ter precisado de ajuda?

Podemos falar com Jesus quando queremos ajuda. Deus ouviu a oração de Neemias e fez com que o rei ajudasse seu povo. O Senhor sempre nos escuta e quer nos ajudar.

NOVO TESTAMENTO

PROMESSAS CUMPRIDAS

HISTÓRIA 27
Zacarias não consegue falar

Lucas 1.5-25,57-80

Fazia muito tempo que o povo de Deus esperava pelo Salvador prometido pelo Criador. Cada vez que nascia um menino, todos se perguntavam: "Será que este é o Salvador?"

novos

Zacarias e Isabel faziam parte do povo de Deus.
Os dois já eram muito velhos e não tinham filhos.
Mas eles amavam o Senhor e eram obedientes a ele.
Por isso, continuavam esperando o cumprimento
das promessas que Deus havia feito.

Deus nos ajuda a acreditar e a esperar.

Zacarias trabalhava na casa do Senhor, o templo. Em um dia especial, um dos anjos de Deus apareceu para falar com Zacarias. O anjo disse: "Deus dará a você o que tem pedido em oração: um filho. Dê a ele o nome de João. É ele quem preparará o povo de Deus para a chegada do Salvador."

Zacarias ficou chocado! Ele disse:
"Minha mulher e eu somos muito velhos para ter um filho. Como poderemos saber se Deus realmente vai cumprir sua promessa?"

O anjo respondeu: "Você saberá assim: Deus o deixará mudo até o nascimento do seu filho."

Zacarias tentou responder ao anjo, porém nenhum som saiu da boca.

Mas, a partir desse momento, Zacarias passou a acreditar que Deus daria a ele um filho.

Enfim, o bebê nasceu! Alguns dos amigos de Zacarias e Isabel acharam que eles dariam o mesmo nome do pai ao menino: "Zacarias". Porque, assim, o pai seria homenageado. Mas Zacarias lembrou-se do que o anjo disse. Ele, então, escreveu, pois não podia falar: "O nome do menino é João." Imediatamente Zacarias voltou a falar... e começou a cantar!

Ele cantou: "A nossa espera está quase acabando. Deus logo enviará o Salvador!"

Você já teve que esperar muito tempo por alguma coisa?

É difícil esperar quando estamos na fila. Também não é fácil aguardar nosso aniversário, ou a chegada do Natal. E, às vezes, precisamos esperar por Deus também. O Senhor nos ajuda a esperar, lembrar e acreditar que ele cumpre suas promessas.

HISTÓRIA 28
Nasce Jesus

Lucas 2.1 - 20

Finalmente, chegou o dia do cumprimento da promessa feita por Deus de enviar o Salvador. Aconteceu assim: o Senhor enviou um anjo para falar com uma jovem chamada Maria e disse a ela: "Você será a mãe do Salvador. E o pai do menino será o próprio Deus."

Maria viajou para Belém enquanto o Salvador ainda estava em sua barriga. Ela foi com seu marido, José.

Quando chegaram lá, a pequena cidade estava cheia de gente. Por isso, eles não conseguiram encontrar um lugar para se hospedar. Tudo estava lotado.

Havia gente dormindo em todas as camas.

O único lugar que Maria e José acharam para descansar da viagem foi um estábulo para animais. Jesus não nasceu em um castelo.

Jesus não dormiu em um berço confortável. O Salvador nasceu naquele estábulo e dormiu em uma manjedoura, que é o lugar onde se coloca comida para os animais.

Naquela mesma noite, Deus enviou um exército de anjos para anunciar a novidade, as boas-novas, a incrível notícia! Os campos escuros foram invadidos por muita luz. Os pastores, que estavam ali cuidando de ovelhas, ficaram muito assustados. Mas um anjo disse: "Não tenham medo. Viemos contar algo maravilhoso. Jesus, o Salvador, nasceu!

Deus está conosco!

Os pastores correram para
conhecer o menino Jesus.

Quando encontraram o Salvador, os pastores ficaram muito felizes e louvaram a Deus. Depois saíram para contar a boa-nova para quem vissem pelo caminho. Maria também ficou maravilhada. Ela se lembrou de tudo o que tinha acontecido e guardou aquelas lembranças no fundo do coração.

Você também vai espalhar essa boa-nova?

Deus está conosco. O nascimento de Jesus é uma notícia incrível que traz grande alegria às pessoas. Naquele dia maravilhoso, Jesus nasceu. Jesus é Deus. Ele fez cada coisa que existe. Jesus é o Rei do povo de Deus e reina sobre tudo. Jesus, o nosso grande Deus, veio ao mundo como um pequeno bebê! Podemos contar a boa-nova para os amigos. Pense em um amigo para quem você pode contar essa notícia maravilhosa.

HISTÓRIA 29
Os magos levam presentes

Mateus 2.1 - 12
Salmo 103.11 - 12

Depois do nascimento de Jesus, alguns magos foram do Oriente para visitar o menino. Então, eles pararam em Jerusalém, onde vivia o rei Herodes.

Perguntaram ao rei: "Onde está o rei recém-nascido do povo de Deus? Vimos sua estrela no céu e trouxemos presentes para ele!"

O rei Herodes não sabia que Jesus havia nascido.
Ele não gostou nada do que ouviu
dos magos e ficou muito bravo.

"O povo de Deus não precisa de um
novo rei", pensou ele.
"Eu sou o rei! As pessoas deveriam
trazer presentes para MIM."

Por sentir inveja, o rei Herodes contou uma mentira aos magos. Ele disse: "Quando encontrarem o novo rei, venham me falar onde ele está, para que eu possa levar presentes a ele também." Mas o rei Herodes não queria levar presentes para Jesus. Na verdade, queria saber onde ele estava para poder matá-lo.

Os magos continuaram a viagem e seguiram a estrela novamente.

A estrela mostrou a eles o caminho até Jesus.

Você sabia?

Jesus é o melhor Rei!

Ele não é egoísta nem invejoso. Seu amor é tão grande que se estende até as estrelas e vai de leste a oeste.

Assim que os magos conheceram Jesus, curvaram-se e entregaram a ele ouro, incenso e mirra – presentes valiosos e dignos de um rei.

Naquela noite, Deus falou com os magos em sonho. O Senhor disse a eles que não contassem ao invejoso rei Herodes onde Jesus estava. Então, os magos acordaram e voltaram para casa por um caminho diferente.

HISTÓRIA 30
José e Maria perdem Jesus

Lucas 2.41 - 52

Jesus cresceu ao lado dos pais e de irmãos e irmãs. Você sabia que Jesus já foi uma criança, assim como você?

A grande diferença é que

Jesus é o Filho de Deus

e é perfeito.

Ele nunca desobedecia. Jesus não puxava o cabelo da irmã nem se irritava com seus irmãos. Mesmo quando era pequeno, Jesus sempre obedecia a Deus.

Todos os anos, Jesus e vários parentes e amigos viajavam até Jerusalém para visitar a casa de Deus e levar presentes a ele.

Naquele tempo não existiam carros ou trens, então todos precisavam ir a pé.

Eles andavam e andavam...

Levavam uma semana inteira até chegar lá.

Em uma dessas viagens para Jerusalém, quando Jesus tinha doze anos, depois de irem à casa de Deus, José e Maria começaram a longa caminhada de volta para casa.

Eles já haviam caminhado durante um dia inteiro e estavam montando as tendas para dormirem à noite. Nessa hora, Maria e José perceberam que Jesus não estava ali.

Maria olhou para a direita e para a esquerda. Nada de Jesus! José procurou dentro das tendas e no lugar onde os burros e camelos descansavam. Nada de Jesus! Maria e José perguntaram aos amigos: "Vocês viram Jesus?" Mas ninguém sabia onde o menino estava.

Muito preocupados, Maria e José voltaram correndo para procurar Jesus na cidade de Jerusalém. E, finalmente, eles o encontraram.

Jesus estava na casa de Deus, ouvindo os mestres e respondendo às suas perguntas. Maria disse: "Procuramos você em toda parte!" Mas Jesus respondeu: "Por que estavam me procurando? Sempre obedeço a Deus, que é meu Pai. Então, deveriam saber que eu estaria aqui, na casa do meu Pai."

O que fazia Jesus ser diferente das outras crianças?

Nós desobedecemos aos nossos pais. Somos egoístas e, muitas vezes, tratamos mal irmãos e irmãs. Mas Jesus é perfeito, porque ele é o Filho de Deus. Ele sempre obedecia a Deus, o seu Pai.

HISTÓRIA 31
João diz:
"arrependam-se!"

Mateus 3.1 - 12
Marcos 1.3 - 8
Lucas 3.2 - 17
João 1.19 - 34

Quando João – filho de Zacarias e Isabel – cresceu, tornou-se profeta, exatamente como o anjo tinha falado. Profeta é uma pessoa que anuncia às pessoas o que Deus diz.

João contaria a todos sobre o novo reino de Jesus.

Ele era um homem muito estranho,
pois morava no deserto e vestia roupas
feitas com pele de camelo.

E comia gafanhotos!

Porém, o mais esquisito de tudo foi o que Deus havia mandado João dizer. Sabe o que o Senhor mandou João falar?

João dizia: "Arrependam-se! Voltem para o Senhor!" E repetia as mesmas palavras várias vezes. Todos os dias, João continuava dizendo: "Arrependam-se!"

Algumas pessoas pensam que ser chefe no trabalho vai trazer felicidade.

Outras, acham que ganhar bastante dinheiro ou ter muitos brinquedos vai trazer felicidade.

Tem gente que
pensa que fama
e elogio traz
felicidade.

Mas João sabia
que nenhuma
dessas coisas
poderia fazer
alguém feliz de
verdade. Somente
Jesus pode
trazer a
felicidade
real.

Por isso, João dizia:
"Arrependam-se!

Abandonem o pecado e voltem-se para Jesus.

Ele é melhor do que
qualquer outra coisa."

Muitas pessoas ouviram João e voltaram-se para Deus. João batizava todas elas no rio Jordão. Certo dia, quando ele estava batizando as pessoas, viu alguém atravessar a multidão.

João apontou para o homem que se aproximava e disse: "Vejam! É Jesus! É ele que salvará o mundo do pecado."

Como as pessoas podem entrar no reino de Deus?

Devemos nos ARREPENDER! Precisamos abandonar o pecado e depositar nossa confiança em Jesus para sermos salvos.

HISTÓRIA 32
Jesus vai a uma festa

João 2.1 - 12

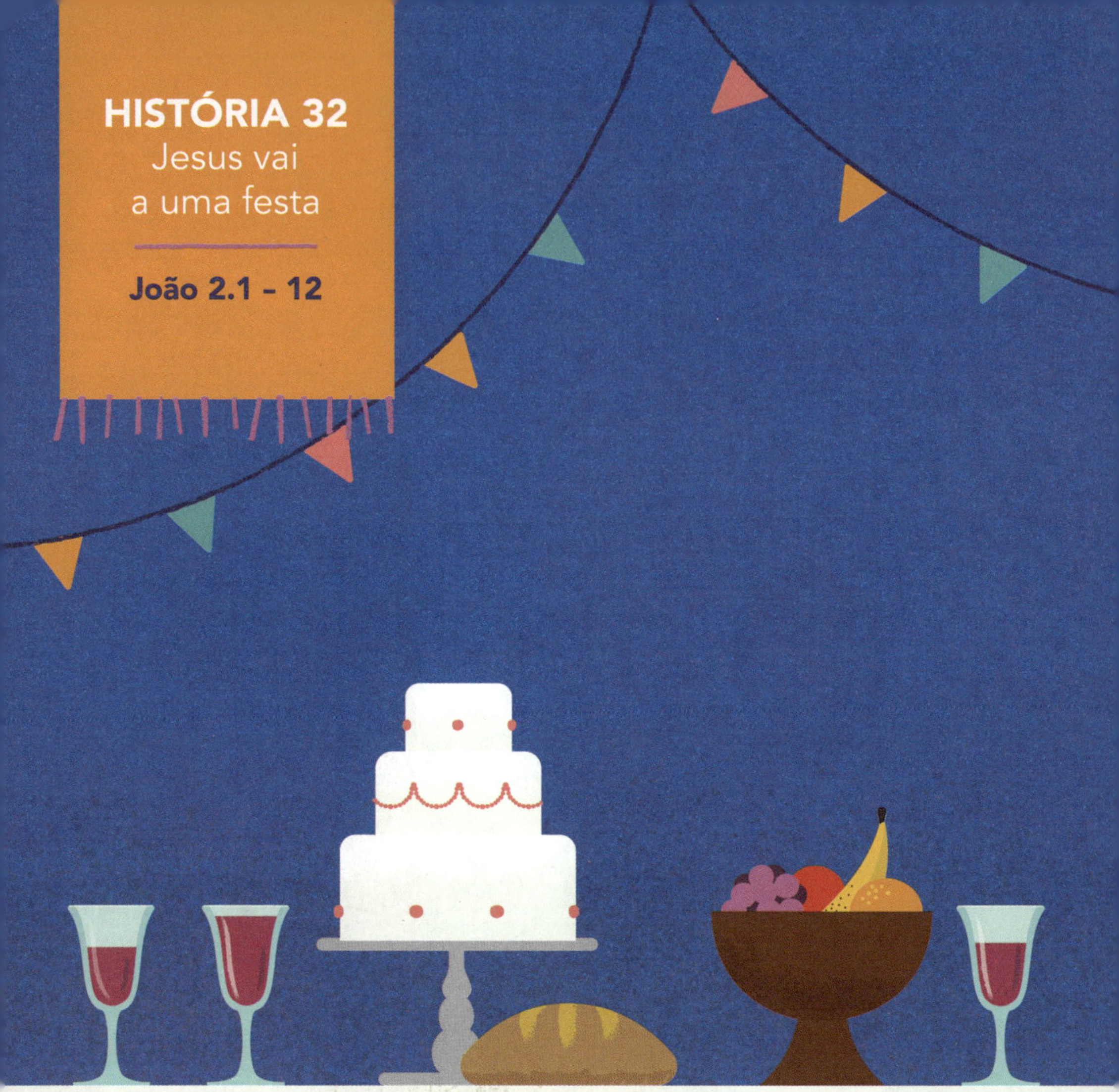

Você já foi a alguma festa? Um dia, Jesus foi com sua família a uma festa de casamento. Comeram, beberam e depois comeram e beberam mais um pouco. A festa de casamento não durou apenas algumas horas, durou uma semana inteira!

Todos os convidados estavam se divertindo muito até que... acabou o vinho.

Essa não!

Imagine se estivesse em uma festa de aniversário e o bolo terminasse antes de você comer um pedaço. Que triste! Os convidados da festa de casamento também ficaram muito tristes.

A mãe de Jesus sabia que ele podia ajudar.
Ela disse aos servos do casamento:
"Façam o que Jesus mandar."

Jesus apontou
para alguns
potes de pedra.

Quantos potes você vê na imagem?

Jesus disse aos empregados da festa: "Encham os potes com água." Eles obedeceram e encheram todos com água até a borda. Então, Jesus disse: "Agora levem os potes com água até os encarregados da festa."

Mas quando a pessoa responsável pela
festa provou a água, ficou muito surpresa!
Não era água, e sim um vinho delicioso.

Por que nós celebramos e organizamos festas?

Comemoramos datas como o Natal e a Páscoa. E também aniversários com brincadeiras e presentes. Mas o melhor de tudo é que celebramos Jesus, porque ele é bom e poderoso.

Oba! Jesus é bom e poderoso.

Jesus transformou a água em um vinho maravilhoso.

HISTÓRIA 33

Pedro pega peixes (um montão de peixes!)

Lucas 5.1 - 11

Jesus tinha um amigo chamado Pedro, que era pescador.

Certo dia, Jesus estava no barco de Pedro, ensinando a uma grande multidão, que estava na praia. Quando Jesus acabou, disse a Pedro: "Leve o barco para águas mais profundas. Vamos lançar as redes para pegar alguns peixes!"

Porém, Pedro respondeu: "Meus amigos e eu fizemos muito esforço durante a noite inteira para pescar, mas não conseguimos pegar nenhum peixe. Os barcos estão completamente vazios."

Pedro não achou que faria diferença jogar a rede de novo. Pensou que não pegariam um peixe sequer. Mesmo assim, ele obedeceu a Jesus. Os pescadores remaram até o fundo, lançaram as redes e, logo depois, começaram a puxá-las de volta. Você acha que tinha algum peixe nas redes?

Sim!
MUITOS
peixes!

Um,

dois,

três,

quatro,

cinco...

Eram tantos peixes que não dava para contar.

A quantidade de
peixes era tão
grande que as
redes começaram
a se rasgar.

O barco de Pedro ficou completamente lotado de peixes. Eles precisaram pegar outro barco, porque só assim conseguiriam carregar a pesca.

Mas a quantidade era tanta, que os dois barcos começaram a afundar.

Meu Deus!

Pedro ficou maravilhado ao ver que Jesus era realmente Deus. Até os peixes o obedeciam.

Jesus disse: "Chegou a hora de você parar de pescar peixes. De agora em diante, quero que seja pescador de homens." Imediatamente, Pedro e seus amigos pescadores obedeceram. Eles deixaram suas redes na praia e seguiram Jesus.

Você tem algum amigo que não conhece Jesus?

Jesus nos ajuda a trazer pessoas até ele.

Nós trazemos pessoas para Jesus quando compartilhamos a boa-nova com elas. Depois, o Senhor as ajuda a ouvir, amar e obedecer.

HISTÓRIA 34
Jesus acalma o mar

Mateus 8.23 - 27
Marcos 4.36 - 41
Lucas 8.22 - 25

Certo dia, Jesus e seus amigos navegavam em um barco. Jesus deitou-se para tirar um cochilo. Em pouco tempo, ele estava em um sono profundo.

De repente, começou uma tempestade.

A chuva não parava de cair.

Raios cruzavam o céu.
Trovões explodiam.
Ventos sopravam.

As ondas batiam com força no barco.

SPLASH!

A tempestade era muito assustadora! Os amigos estavam com medo, mas Jesus continuava dormindo.

"Jesus, acorde!", gritaram Pedro e seus amigos. **"Nós vamos afundar!"**

Jesus acordou e olhou para os amigos:
"Por que vocês estão com tanto medo?"
Depois, ele falou para a tempestade:
"Fique quieta! Acalme-se!"

Imediatamente o vento parou de soprar.
A chuva parou de cair.

Os trovões pararam de fazer barulho.
As ondas pararam de quebrar.

Tudo ficou tranquilo.

Pedro e seus amigos ficaram admirados.

Jesus é realmente Deus.

Até a tempestade obedece a ele.

Quem você chama quando está com medo?

Quando está com medo, talvez você chame sua mãe ou seu pai. Mas também pode chamar Jesus! Afinal, Jesus é Deus! E até as coisas mais assustadoras obedecem a ele.

HISTÓRIA 35
O arrogante
e o
grande pecador

Lucas 18.9 - 14

Alguns líderes do povo de Deus chamavam-se fariseus. Os fariseus achavam que eram melhores que as outras pessoas. Eles pensavam: "Podemos agradar a Deus se nos esforçarmos para fazer muitas coisas boas."

Um dia, Jesus contou a seguinte história: um fariseu foi orar no templo. Ele começou a oração. Mas, na verdade, estava apenas se exibindo diante de Deus.

O fariseu disse: "Senhor, leio a Bíblia e oro todos os dias. Dou muito dinheiro de oferta. Não sou mau como as outras pessoas que mentem, roubam e trapaceiam. Sou um homem muito bom!"

Ele sentiu-se **ORGULHOSO.**

Em pensamento, o fariseu achava
que podia ser uma pessoa boa
sem a ajuda de Deus.

Naquele mesmo dia, outro homem foi até o templo. Ele era cobrador de impostos. O trabalho de um cobrador de impostos era coletar dinheiro do povo para dar ao rei.

Mas alguns cobradores de impostos trapaceavam. Eles coletavam do povo mais dinheiro do que deveriam, porque queriam roubar uma parte para eles. Não importa quanto dinheiro os cobradores recebiam, sempre queriam mais!

Porém, quando esse cobrador começou a orar, não se elogiou. Ele foi até um canto do templo, curvou a cabeça, chorou e fez a seguinte oração: "Deus, sou um **GRANDE PECADOR**. Por favor, me perdoe por todas as coisas erradas que já fiz."

Ele estava arrependido dos seus pecados e sabia que precisava da ajuda de Deus.

O cobrador de impostos sentiu-se **TRISTE.**

O que você acha que aconteceu? Deus não ficou feliz com o fariseu que se exibiu e se elogiou. Mas o Senhor perdoou o cobrador de impostos.

Jesus veio para salvar as pessoas que se consideram pecadoras e pedem perdão a Deus.

Como Jesus se sentiu em relação ao cobrador de impostos?

Jesus ficou **FELIZ**. Jesus amava o cobrador de impostos. O Senhor ama resgatar pecadores como você e eu.

HISTÓRIA 36
Jesus cura um cego

Marcos 10.46 - 52
Lucas 18.35 - 43
Isaías 29.18

Bartimeu era cego.
Ele não enxergava nada.

Bartimeu não conseguia ver o caminho.
Então seus amigos precisavam ajudá-lo, segurando sua mão para que ele soubesse por onde andar.
Todos os dias, Bartimeu ia com os amigos até um lugar do lado de fora da entrada da cidade.
Ele ficava sentado à beira da passagem, pedindo esmolas a quem passava.

"Sou um homem cego e pobre", dizia ele.
"Não consigo trabalhar para ganhar dinheiro.
Você pode me ajudar?"

Certo dia, muitas pessoas passaram por Bartimeu. Elas esbarravam nele e faziam muito barulho. "O que está acontecendo?", perguntou ele. Os amigos responderam: "Jesus está vindo pela estrada."

Bartimeu ficou feliz em saber que Jesus ia aparecer. Ele começou a gritar: "Jesus, me ajude!" Seus amigos sentiram vergonha e pediram que Bartimeu ficasse quieto. Shiiii!

Mas Bartimeu continuou berrando, cada vez mais e mais ALTO.

Então, Jesus parou. Ele chamou Bartimeu e perguntou: "O que você deseja que eu faça?" Bartimeu respondeu: "Eu quero ver."

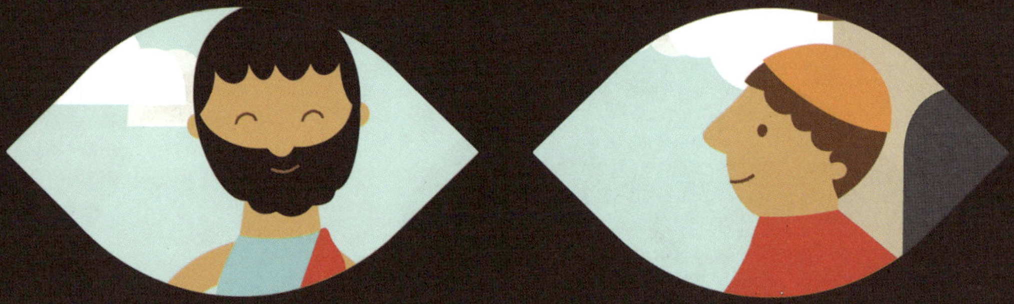

Jesus tem poder para curar doentes.

Por isso, Jesus disse: "Bartimeu, abra os olhos." Imediatamente, os olhos de Bartimeu abriram-se. Ele estava curado! A partir daí, andava pela estrada, seguindo Jesus e não precisava mais que os amigos segurassem sua mão. Jesus o curou!

O que você faz quando fica doente?

Talvez você vá ao médico ou tome um remédio que sua mãe ou seu pai mandam. Mas nós também podemos orar e pedir que Jesus nos cure. Um dia, o Senhor curará todas as doenças do mundo inteiro.

HISTÓRIA 37
Zaqueu procura Jesus

Lucas 19.1 - 10
Mateus 7.7 - 8

Você sabe como eram os cobradores de impostos nos dias de Jesus? Esses cobradores coletavam dinheiro para entregar ao rei. Eles eram ricos, pois pegavam mais dinheiro do povo do que deveriam. Tudo porque desejavam guardar para eles mesmos.

Zaqueu era cobrador de impostos. Um dia, ele ouviu falar de Jesus.

Ele ouviu dizer que **Jesus veio salvar grandes pecadores** – até mesmo cobradores de impostos!

Zaqueu queria saber se isso era verdade, então foi procurar Cristo.

Pouco depois de chegar à sua cidade, Jesus foi cercado por uma grande multidão. Zaqueu era um homem baixo e, por isso, não conseguia enxergar estando atrás de tanta gente.

Então, Zaqueu teve uma ideia. Ele correu pela estrada e subiu em uma árvore bem alta antes que as pessoas chegassem até ali.

Ele ficou sentado em um galho alto, de onde podia enxergar por cima da multidão.

O que você acha que Zaqueu viu? Ele viu homens, mulheres, meninos e meninas que estavam na multidão. Será que conseguiu encontrar JESUS?

Você consegue encontrar Jesus na imagem?

Se você procurar Jesus, **o encontrará.**

Surpresa! Jesus foi até a árvore onde Zaqueu estava sentado. Jesus olhou para cima e disse: "Zaqueu, eu estava procurando você! Vou à sua casa hoje."

Você está buscando Jesus?

Zaqueu estava procurando Jesus, mas foi Jesus quem o encontrou! Você pode procurar Jesus de várias maneiras: quando ora, no momento que lê a Bíblia e ao ouvir outras pessoas falando sobre ele.

O homem baixinho desceu da árvore depressa e partiu com Jesus. Eles foram para a casa de Zaqueu e comeram juntos. O cobrador de impostos ficou tão feliz por ter encontrado Jesus, que deu dinheiro aos pobres. Ele devolveu uma quantia maior do que havia roubado.

HISTÓRIA 38
Jesus ama as crianças

Mateus 19.13 - 15

Não importava onde Jesus estivesse, as pessoas se reuniam ao redor dele. Às vezes, os pais também levavam os filhos para verem a Cristo.

Jesus sentava-se com
as crianças, orava por elas
e mostrava todo seu amor.

Certo dia, um grupo de crianças correu até Jesus, mas os amigos dele levantaram as mãos e disseram: "Parem! Jesus está muito ocupado. Ele tem muitas coisas importantes para fazer. Ele precisa ensinar adultos e curar doentes. O Senhor não tem tempo para crianças."

Mas os amigos de Jesus estavam errados.

Jesus ama as crianças.

Ele nunca está muito ocupado para ajudá-las! Por isso, Jesus disse: "Deixem as crianças virem a mim e não as impeçam!"

Jesus deseja que até mesmo as crianças mais novas se aproximem dele.

Além disso, Jesus falou: "O meu Reino pertence àqueles que se parecem com essas crianças."

Você se aproximaria de Jesus?

Saiba que pode orar e conversar com Jesus a qualquer momento. Você não é muito pequeno e Jesus não está muito ocupado. Ele ama conversar com você. Jesus ama as crianças.

HISTÓRIA 39
Jesus ressuscita Lázaro

João 11.1 - 44

Havia uma família composta por um irmão, Lázaro, e duas irmãs, Marta e Maria. Eles eram amigos de Jesus, e ele os amava.

Um dia, Lázaro ficou doente. Ele estava tão mal que as suas irmãs acharam que ele fosse morrer. Então, Marta e Maria enviaram uma carta a Jesus. Elas escreveram:

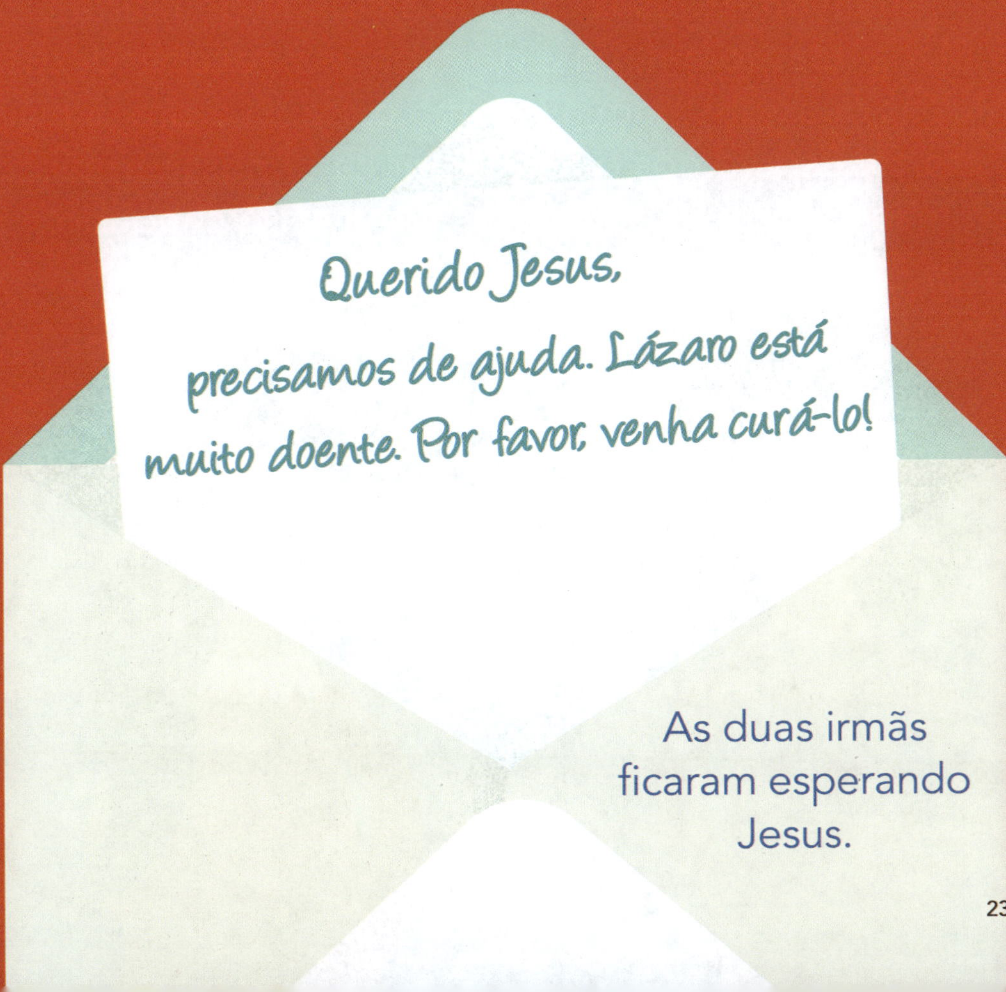

As duas irmãs ficaram esperando Jesus.

Marta e Maria esperaram e esperaram.
E enquanto elas esperavam, Lázaro achava-se cada vez mais doente. Até que morreu.
As irmãs ficaram muito tristes.

Finalmente, Jesus chegou à cidade de Marta e Maria. Elas foram, uma de cada vez, receber Jesus. Mas as duas disseram a mesma coisa: "Lázaro já está morto! Esperamos o Senhor vir curar nosso irmão, mas agora é tarde demais. Se tivesse chegado mais cedo, poderia ter ajudado."

Marta chorou.

Maria chorou.

E Jesus também chorou.

Todas as pessoas
que estavam ali disseram:
"Jesus devia amar muito
o seu amigo Lázaro."

Foi muito difícil.
Jesus demorou
para chegar à
casa da família,
e Lázaro
morreu.
Todos
estavam
tristes.

Porém, a história
não acaba aí,
PORQUE...

Jesus é mais poderoso do que a morte.
Jesus foi até a gruta onde Lázaro estava enterrado.
Ele pediu que tirassem a pedra da entrada
e, em alta voz, disse:

Pessoas mortas
não conseguem ouvir.
Elas também não conseguem
se levantar e andar.

Mas assim que Jesus o chamou pelo nome, os olhos de Lázaro se abriram. Ele levantou-se e foi andando até Jesus.

Jesus pode fazer os mortos voltarem a viver

Você tem medo da morte?

Não precisamos ter medo da morte, pois Jesus é mais poderoso. Ele pode trazer os mortos de volta à vida.

HISTÓRIA 40
Jesus entra em Jerusalém

Mateus 21.4 - 9
Lucas 19.35 - 40
Zacarias 9.9 - 10

Durante três anos, os amigos de Jesus o seguiram por todo lugar, enquanto ele ensinava o povo de Deus. Os amigos de Jesus viram muitas coisas maravilhosas!

Eles viram Jesus transformar água em vinho e acalmar o mar agitado. Viram Jesus encher redes de peixes e curar doentes. Viram até Jesus ressuscitar mortos!

Havia chegado a hora de Jesus entrar na grande cidade de Jerusalém. Dois de seus amigos encontraram um jumento para o Senhor montar. Então ele partiu, montado no jumento, em direção a Jerusalém.

Os amigos o acompanharam pelo caminho e foram cantando sobre todas as coisas incríveis que viram Jesus fazer.

"Viva!", cantavam eles.
"Jesus é bom e poderoso!
Ele é o Filho de Deus! Jesus é amigo
das crianças e dos pecadores!"

Quanto mais se aproximavam da cidade, mais pessoas se juntavam aos amigos de Jesus. E elas também queriam cantar! Elas se lembraram de que Deus havia prometido enviar um rei que chegaria em Jerusalém montado em um jumento. O povo queria que Jesus fosse seu rei. Todos pegaram ramos de palmeira para acenar, enquanto Jesus entrava na cidade. Parecia um grande desfile! As pessoas gritavam:

"Louvado seja Jesus! Ele é nosso rei!"

Porém, algumas pessoas não cantaram, pois não queriam que Jesus fosse o rei. Os fariseus tinham inveja de Jesus. Eles queriam que o povo louvasse a eles mesmos em vez de Jesus.

Então o Senhor disse aos fariseus:
"Vocês não podem evitar os louvores. Se o povo se calar, as pedras vão louvar, cantando meu nome".

Por que louvamos o nome de Jesus?

Jesus fez coisas maravilhosas por nós. Nós o louvamos porque ele é o rei prometido por Deus.

HISTÓRIA 41
A última ceia de Jesus

Lucas 22.1 - 24
1Coríntios 11.23 - 26

Na grande cidade de Jerusalém, Jesus e seus amigos se reuniram no segundo andar de uma casa. Eles se sentaram no chão, em volta de uma mesa baixa, e jantaram juntos.

Enquanto comiam, os amigos de Jesus recontaram a antiga história sobre como Deus havia libertado o povo da escravidão no Egito. Eles se lembraram de que, além disso, o Senhor uniu todos como uma nova família.

Todo aquele que confia em Jesus faz parte de sua família eterna.

Jesus ofereceu aos amigos uma nova refeição, chamada "santa ceia", para ajudá-los a lembrar do Senhor e a confiar nele.

Jesus pegou um pão e um cálice de vinho. Ele agradeceu a Deus. Depois, Cristo partiu o pão em alguns pedaços, entregou a todos e disse: "Este pão está partido da mesma forma que o meu corpo será partido para pagar pelos seus pecados. Comam este pão e se lembrem de mim."

Depois, Jesus
passou o cálice
para que todos
os amigos
pudessem
beber.

Jesus disse: "Este vinho foi derramado no cálice da mesma forma que o meu sangue será derramado por vocês. Agora, todos aqui fazem parte da minha família eterna. Bebam deste cálice e se lembrem de mim."

O que ajuda você a se lembrar de sua família?

Fazemos álbuns de fotos e contamos histórias para lembrar da família. Quem confia em Jesus é parte de sua família eterna. Ele deixou a santa ceia para nos lembrar do que o Senhor fez por nós e de que podemos confiar nele.

HISTÓRIA 42
Jesus morre por nós

Lucas 22 - 23
1Pedro 3.18
Romanos 5.8

Depois de tomarem a ceia, Jesus e os amigos foram até um jardim para orar. Judas também foi. Porém, ele não estava lá para orar. Judas levou soldados com ele para prenderem Jesus. Judas fingiu ser amigo de Jesus, mas, na verdade, não era.

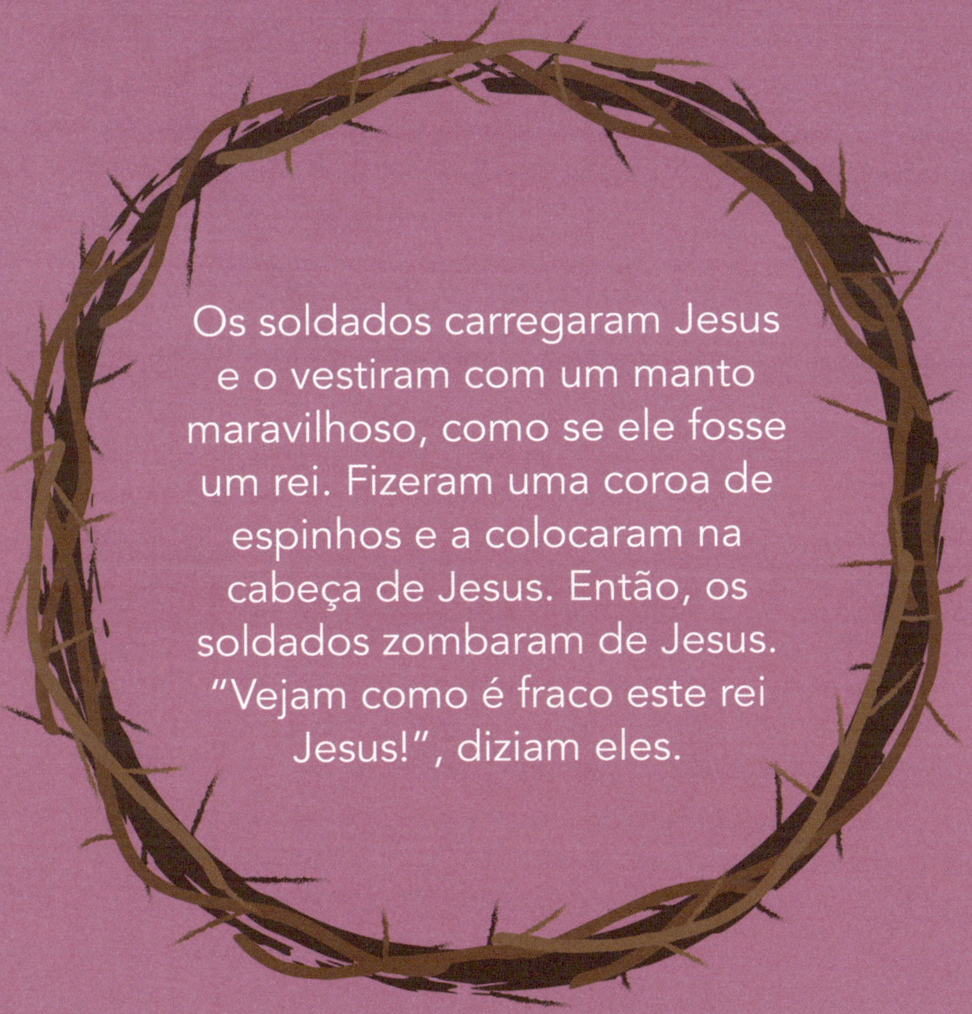

Os soldados carregaram Jesus e o vestiram com um manto maravilhoso, como se ele fosse um rei. Fizeram uma coroa de espinhos e a colocaram na cabeça de Jesus. Então, os soldados zombaram de Jesus. "Vejam como é fraco este rei Jesus!", diziam eles.

Depois, os soldados bateram em Jesus e o chicotearam.

Fizeram Jesus subir um monte, carregando uma cruz de madeira, que estava muito pesada.

Jesus sentia-se muito fraco e cansado para levar sozinho aquela cruz. Então os soldados mandaram um homem chamado Simão carregar a cruz para Jesus.

No topo do
monte, os
soldados
colocaram
Jesus na cruz.

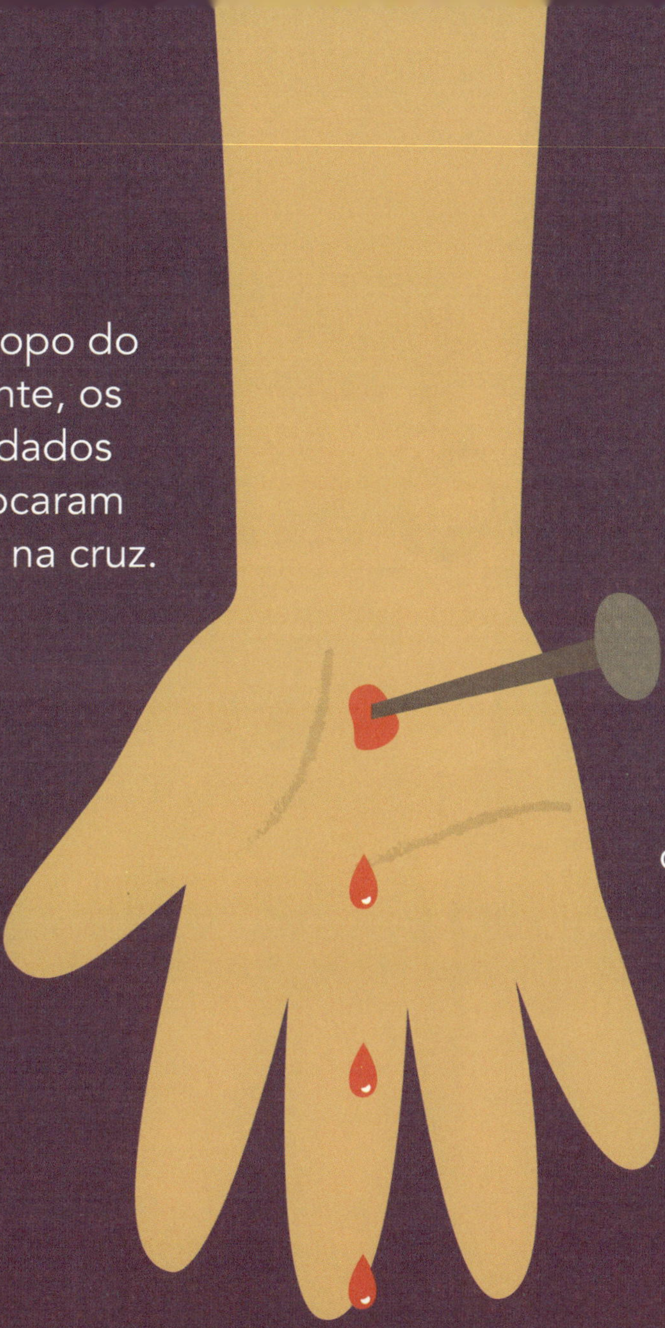

Eles
pregaram
os pés e as
mãos do
Senhor

e o deixaram ali para morrer.

Na cruz, Jesus nos mostrou o quanto nos ama.
Ele morreu na cruz por nós, mesmo sem ter pecado
ou feito qualquer coisa errada.

Jesus morreu porque NÓS fazemos coisas erradas. Jesus foi castigado pela NOSSA desobediência e pelo NOSSO pecado.

Jesus morreu em nosso lugar.

Você já pediu perdão a Jesus pelos seus pecados?

Jesus morreu pelos pecados de todos os membros da sua família. Quando morreu na cruz, Jesus assumiu o castigo que merecíamos pelo pecado, exatamente como ele e Deus, o Pai, haviam planejado. Podemos ser perdoados, porque, mesmo sendo pecadores Jesus morreu por nós.

HISTÓRIA 43

Jesus vive!

Mateus 28.1 - 16
João 19.40 - 20.10

Depois que Jesus morreu, os amigos cobriram seu corpo com tiras de linho e o colocaram dentro de uma caverna, chamada sepulcro.

Soldados romanos fecharam a entrada da caverna com uma pedra grande. Eles colocaram guardas na frente dela para impedir que alguém tentasse roubar o corpo de Jesus.

Alguns dias se passaram. Então, na manhã de domingo, houve um grande terremoto! Um anjo cheio de luz veio do céu e rolou a pedra da entrada do sepulcro

Os guardas tremeram de medo.

Duas mulheres chegaram ao local e notaram que a pedra não estava mais na entrada do sepulcro. Olharam para dentro, viram que estava vazio e o corpo de Jesus tinha sumido!

O anjo disse a elas: “Não tenham medo! Jesus não está mais aqui, porque ele ressuscitou! Está vivo!”

E continuou a dizer: "Vão depressa e contem aos amigos de Jesus." As duas mulheres obedeceram. Foram bem rápido, correndo pela estrada até chegar à cidade. Elas encontraram os amigos de Jesus e disseram:

"Jesus ressuscitou. Ele está vivo!"

Pedro e João ficaram espantados. Será que era verdade?

Eles queriam ver e foram correndo até o sepulcro. Quando chegaram lá, João olhou para dentro da caverna. Era verdade MESMO! Jesus não estava ali. Estava vivo!

Por que nós celebramos a Páscoa?

O domingo em que Jesus ressuscitou dos mortos é chamado Domingo de Páscoa. Comemoramos toda Páscoa, porque Jesus é mais poderoso do que a morte. Ele ressuscitou. Está vivo!

HISTÓRIA 44
Os amigos de Jesus o veem

Lucas 24.13 - 35

Dois amigos de Jesus estavam caminhando em uma estrada. Durante o caminho, um homem aproximou-se para caminhar com eles.

Quem era esse homem? Era Jesus!
Mas seus amigos não sabiam que era ele.
Sabe por quê? Jesus tinha escondido o rosto, pois
não queria ser reconhecido na mesma hora.

Os amigos de Jesus estavam conversando e diziam:

"Estamos tão tristes! Jesus era bom e fez coisas maravilhosas, mas agora está morto. Sentimos saudade dele e gostaríamos de vê-lo novamente!"

No início, Jesus só os ouvia. Mas, finalmente, disse aos amigos: "Sei onde podem encontrar Jesus.

A Bíblia inteira fala sobre Jesus."

Jesus, então, contou histórias da Palavra Sagrada aos amigos.

"Jesus é o Salvador que Deus prometeu a Adão e Eva."

"Jesus é o rei mais cheio de sabedoria - ainda mais sábio que o rei Salomão."

"Jesus morreu pelos pecados do mundo e ressuscitou no terceiro dia!"

Por fim, os três chegaram a uma casa e sentaram-se para comer. Jesus tomou um pedaço de pão e o partiu. Então sorriu. Nesse momento, os amigos finalmente o reconheceram. "Jesus, é você!", disseram. O Senhor tinha passado o dia inteiro com eles.

Onde podemos encontrar Jesus?

Encontramos Jesus na Bíblia toda. Cada história é sobre Jesus. Quem colocar a confiança em Jesus, vai encontrá-lo e será salvo.

HISTÓRIA 45
O Rei Jesus sobe aos céus

Mateus 28.18 - 20
Lucas 24.36 - 52
Atos 1.1 - 11

Quando ressuscitou, Jesus venceu

o pecado,

a tristeza

e a morte.

E tudo aquilo que faz parte do nosso mundo também.

Agora, todos que creem e confiam em Jesus podem fazer parte de um novo Reino, onde Jesus é o rei.

Quarenta dias após sua ressurreição, Jesus encontrou-se com os amigos.

Jesus disse a eles: "Vão e contem ao mundo inteiro sobre o meu Reino!"

Ele prometeu: "Enviarei o Espírito Santo para ajudá-los. Ele irá com vocês para contar às pessoas sobre meu amor."

Jesus nos envia para contar a todos sobre seu amor.

Depois de dizer essas coisas, Jesus foi elevado aos céus na frente dos amigos.

Para cima,

para cima,

para cima!

As nuvens cobriram Jesus, então os amigos não conseguiam mais vê-lo. Jesus subiu para viver com o Pai no céu.

Os amigos de Jesus ficaram ali por muito tempo, olhando para as nuvens. Porque queriam ver o Senhor outra vez.

Enquanto eles ainda olhavam para cima, dois anjos apareceram e falaram: “Por que estão olhando para o céu? Jesus agora está reinando no céu junto ao Pai. Mas, um dia, ele voltará! Então, vão e façam o que ele mandou.”

Como nós podemos nos preparar para a volta de Jesus?

Podemos contar aos amigos e vizinhos sobre o rei Jesus. Podemos falar do seu amor ao mundo inteiro.

HISTÓRIA 46
Jesus envia o Espírito Santo

Atos 2.1 - 13

O Rei Jesus enviou seus amigos para contar ao mundo sobre ele.

E ele fez uma promessa. Você se lembra do que Jesus prometeu enviar aos amigos? Jesus disse: "Enviarei o meu Espírito Santo para ir com vocês."

O Espírito Santo é Deus, assim como Jesus e o Pai também são Deus.

Os três são um único Deus. Não podemos ver o Espírito Santo.

Ele não tem um corpo como o nosso. Mas o Espírito Santo é Deus e habita em quem acreditar em Jesus.

ESCURO

Os amigos de Jesus lembraram-se da promessa e esperaram pela vinda do Espírito Santo.

Eles oraram e esperaram. O tempo passava, e eles continuavam orando e esperando.

CLARO

De repente, os amigos de Jesus ouviram um som de vento muito forte.

Viram estranhas chamas de fogo sobre a cabeça de cada um. O Espírito Santo havia descido!

Todos eles saíram para contar às pessoas sobre Jesus. Muitos ouviram a boa notícia e acreditaram no rei Jesus.

O Espírito Santo ajudou muita gente a se tornar parte do novo Reino de Deus.

Quem pode nos ajudar a falar de Jesus às pessoas?

Se cremos em Jesus, o Espírito Santo vai morar dentro de nós. Dessa forma, o Espírito Santo nos ajuda a falar de Jesus às pessoas.

HISTÓRIA 47
O paralítico anda!

Atos 3

Havia um homem aleijado de nascença.

As pernas dele eram tão fracas que não conseguia se levantar da cama para trabalhar. Ele também não podia andar para visitar os amigos.

Todos os dias, os amigos carregavam-no até a entrada do templo, em Jerusalém, para que o homem pedisse esmolas a quem passasse.

Algumas pessoas sentiam pena do aleijado e davam dinheiro a ele.

Com as moedas que ganhava, ele podia comprar comida e roupa. Porém, esse dinheiro não podia fazer nada para consertar suas pernas fracas.

Certo dia,
Pedro e João
foram até o
templo, porque
queriam orar.

Eles viram o paralítico sentado na entrada do templo. "Vocês podem me ajudar?", o homem perguntou a Pedro e João. "Podem me dar algum dinheiro para eu comprar comida?"

Pedro e João ficaram tristes com a situação daquele homem que não podia andar. Porém, Pedro disse: "Não temos dinheiro, não temos prata nem ouro, mas...

"Jesus é **melhor** do que dinheiro!

Jesus pode dar a você algo que o dinheiro nunca conseguiria."

Então Pedro disse ao paralítico: **"Levante-se e ande!"**

Pedro pegou a mão do homem e o ajudou a se levantar. Imediatamente, os tornozelos e os pés do homem ficaram firmes, fortes e saudáveis. As pernas dele não estavam mais fracas e atrofiadas!

O homem deu um pulo e caminhou, dizendo: "Louvado seja Jesus! Ele curou minhas pernas e me fez andar!"

O que pode consertar um mundo doente?

Algumas pessoas pensam que tudo do que precisam é ter dinheiro para comprar comida e roupas. Mas apenas o rei Jesus pode consertar o mundo em que vivemos. Jesus é melhor do que o dinheiro. Jesus é melhor do que qualquer outra coisa!

HISTÓRIA 48
Filipe encontra um oficial da África

Atos 8.26 - 40

Filipe morava em Jerusalém. Ele ajudava o povo de Deus naquela cidade. Às vezes, Filipe auxiliava, dando comida às pessoas que não tinham nada para comer. Outras vezes, ele ajudava ensinando a elas sobre a Bíblia.

Certo dia, o Senhor enviou um anjo para dizer a Filipe:

"Existe outra forma de você colaborar. Pegue a estrada deserta que vai até a África."

Naquele momento, Filipe ainda não sabia por que o anjo o havia mandado ir à estrada deserta, mas obedeceu.

Quando chegou à estrada, ele viu uma carruagem puxada por dois cavalos.

Filipe também viu um homem importante dentro da carruagem. Esse homem trabalhava para a rainha da Etiópia. Ele estava lendo um pergaminho da Bíblia, mas estava confuso.

Então Filipe correu até a carruagem e perguntou: "Posso ajudar você?"

O homem respondeu: “Poderia me explicar
o que estou lendo?”

Filipe respondeu: “Sim! Eu ajudo as pessoas a entenderem a Palavra de Deus.” Então Filipe explicou o que estava no pergaminho e ensinou ao homem tudo sobre Jesus.

Deus envia professores para nos ajudar a entender a sua Palavra.

Quem pode nos ajudar a entender a Palavra de Deus?

Às vezes não entendemos, mas Jesus pode nos ajudar. Ele nos dá mamães e papais, assim como pastores e professores da escola dominical para nos ajudar a entender sobre Jesus.

Você sabe o que aconteceu? O homem etíope acreditou em Jesus! Por causa disso, ele parou a carruagem perto de um rio, e Filipe o batizou.

HISTÓRIA 49
Paulo é derrubado na estrada

Atos 8.1 - 3; 9.1 - 31; 22.3 - 16; 26.9 - 18 Romanos 5.6 - 11

Paulo era um fariseu muito bravo.

Ele não acreditava em Jesus. Paulo odiava Jesus. Ele também odiava os amigos de Jesus.

Paulo ia de casa em casa em Jerusalém para perseguir os amigos de Jesus. Ele os arrastava de suas casas e os jogava na prisão.

Um dia, Paulo se encontrou com outros homens que também odiavam Jesus. Ele disse: "Vamos viajar até a cidade de Damasco. Lá, encontraremos mais amigos de Jesus e poderemos prendê-los também!"

Será que existia alguém que pudesse acabar com o ódio de Paulo? Poderia existir alguém capaz de fazer com que ele deixasse de odiar Jesus e os seus amigos?

Sim!

Deus transforma os inimigos em amigos.

Quando Paulo se aproximava de Damasco,
de repente brilhou uma luz vinda do céu.
A luz era tão forte, que Paulo
caiu no chão!

Paulo ouviu uma voz saindo da luz: “Paulo!”, dizia a voz. “Paulo, por que você persegue os meus amigos?” Era a voz de Jesus! Ele mandou Paulo ir para Damasco e esperar. Jesus enviaria uma pessoa para dizer a Paulo o que fazer.

Paulo obedeceu a Jesus e foi para Damasco. Um homem chamado Ananias foi encontrá-lo. Ananias amava Jesus.

Paulo disse: "Sinto muito. Eu estava errado em odiar os amigos de Jesus. Conheci Jesus e agora o amo também."

Paulo se tornou um dos melhores amigos de Jesus!

Deus pode transformar pecadores?

Sim! Deus amava Paulo. O Senhor transformou o ódio de Paulo em amor. Deus transforma inimigos em amigos.

HISTÓRIA 50
Pedro vê um lençol

Atos 10

Pedro e Cornélio eram MUITO diferentes.

Pedro era de Israel.
Cornélio era de Roma.

Pedro usava uma túnica e um manto. Cornélio usava uma capa muito chique.

Pedro comia peixe, cordeiro e legumes. Cornélio comia lasanha com porco e camarão.

Deus ama **TODOS** os tipos de pessoas.

Pedro tinha orgulho de ser diferente. Ele fazia parte do povo especial de Deus. Isso significa que Pedro era muito cuidadoso com tudo o que comia – ele só comia o que Deus permitia que o povo de Deus comesse. Pedro NUNCA desobedeceu às regras de alimentação dadas por Deus até que...

Certo dia, Pedro estava em um terraço com vista para o mar. De repente, ele viu um grande lençol descendo do céu. Havia todo tipo de animal no lençol – coelhos, leões, camelos e porcos.

Todos aqueles eram animais que Pedro era proibido de comer! Mas, então, Deus disse algo surpreendente. Ele disse a Pedro que era permitido comer todos os animais que estavam no lençol.

Pedro ficou chocado. Deus estava mudando as regras dos alimentos! O Senhor disse a Pedro: "Quero que você mostre ao mundo que eu amo TODOS os tipos de pessoas, não importa que alimentos elas comam."

Você conhece alguém que é diferente de você?

Os nossos amigos podem usar roupas diferentes, comer alimentos diferentes ou até mesmo falar línguas diferentes. Mas nós podemos amar os nossos amigos, porque Deus ama TODOS os tipos de pessoas. E Deus também ama você!

Depois disso, Pedro ouviu alguém bater à sua porta. Eram alguns homens convidando Pedro para comer na casa de Cornélio. Pedro aceitou e foi até a casa de Cornélio para conversar sobre Jesus. Pedro e Cornélio oraram e até mesmo **COMERAM** juntos.

Talvez eles tenham comido lasanha.

HISTÓRIA 51

Paulo conta as boas-novas ao mundo

Atos 2.42 - 47
Atos 13 - 21

Cada vez mais pessoas ouviam falar de Jesus. Elas ouviam que ele havia morrido na cruz pelos pecados das pessoas. Elas ouviam que Jesus tinha ressuscitado e aparecido aos seus amigos. Elas ouviam que Jesus havia enviado o Espírito Santo. Muitas dessas pessoas acreditavam em Jesus.

As pessoas que acreditavam em Jesus se encontravam toda semana.

Elas cantavam louvores a Deus.

Estudavam a Bíblia juntas.

Doavam dinheiro para ajudar os necessitados.

Elas formavam a nova igreja!

GALÁCIA
CAPADÓCIA
LÍCIA
CILÍCIA
CHIPRE

Certo dia, Deus mandou a igreja enviar Paulo (também era conhecido por Saulo) e o seu amigo Barnabé para falarem de Jesus para mais pessoas. A igreja orou por Paulo e Barnabé e os enviou a lugares muito distantes, onde as pessoas nunca tinham ouvido falar de Jesus.

Paulo e Barnabé viajaram por todo o mundo falando de Jesus. Eles diziam às pessoas que deixassem de adorar deuses falsos e entregassem a vida a Jesus.

Algumas vezes, quando Paulo falava sobre Jesus, as pessoas ficavam bravas. Elas apedrejavam Paulo e batiam nele com pedaços de pau. Às vezes, elas até o prendiam.

Você acha que isso deixava Paulo bravo ou triste? Não!

Não importava onde ele estivesse – até mesmo na prisão –, Paulo falava sobre Jesus a todos que conhecia. Ele falava de Jesus para os guardas da prisão e para os outros prisioneiros. Ele falava de Jesus até mesmo para juízes e reis nos tribunais.

Ele sabia que o plano de Deus era salvar pessoas de todas as partes do mundo.

Nada pode impedir o plano de Deus para salvar as pessoas!

Será que é fácil falar de Jesus para as pessoas?

Não, às vezes falar de Jesus para outras pessoas é difícil e assustador. Mas podemos ser corajosos mesmo quando estamos com medo, porque o Espírito Santo prometeu nos ajudar. Nada pode impedir o plano de Deus para salvar as pessoas!

HISTÓRIA 52
Jesus abre o livro

Apocalipse 4 - 5, 21

João, amigo de Jesus, teve um sonho. Nesse sonho, João viu um grande trono no céu. Deus estava sentado no trono e havia um arco-íris reluzente em volta dele.

Algumas pessoas do povo de Deus estavam ao lado de grandes anjos em volta do trono. Todos eles cantavam: "O nosso Deus poderoso é Rei! O Senhor criou todas as coisas!"

Com a mão direita, Deus segurava um livro antigo. No livro de Deus estão todas as coisas que existem no mundo – tudo o que já aconteceu no passado e tudo o que ainda vai acontecer no futuro. Deus escreveu todas as coisas. Depois, ele fechou o Livro e o selou com sete selos.

Um dos anjos perguntou: "Quem é bom o bastante para romper os selos e abrir o Livro?" Os anjos olharam para todos os lados, mas não encontraram ninguém bom o bastante para fazer isso. Então João começou a chorar. Ele queria ler o Livro!

Mas uma pessoa disse:
"Não chore. Jesus pode abrir o livro!
Ele é bom o bastante!"

Então Jesus se aproximou e rompeu os selos.
Ele abriu o livro de Deus e começou
a ler a história para João.

O livro dizia que o inimigo de Deus, aquela velha serpente chamada Satanás, virá como um **d r a g ã o .**

Ele tentará ferir o povo de Deus. Haverá dias terríveis. Haverá guerras e terremotos.

Satanás ferirá o povo de Deus, mas não será capaz de destruí-los.

Então, no último dia,

Jesus voltará.

Jesus virá como herói, montado em um cavalo branco. Ele derrotará Satanás e viverá com o seu povo para sempre! Deus cumprirá todas as promessas que nos fez.

O povo de Deus será, finalmente, resgatado?

Sim! Quando Jesus voltar, ele consertará tudo o que há de errado no mundo. Não existirá mais pecado ou doença. Não existirá mais choro ou dor. Volte logo, Jesus! Volte depressa!

Para Rachael, Lucy e Elisabeth.

Agradecimentos

Jared: Sou muito grato a Marty Machowski por confiar em mim como pastor e autor, apesar de minha pouca idade. Obrigado por me dar uma chance. Agradeço a Brittany Jennings, Tessa Janes, Annie Kratzsch e Rachel Davila por todo o seu esforço no início deste livro. Vocês ajudaram a moldar o que esta obra se tornou. Um grande agradecimento à equipe da New Growth Press por conduzir este projeto do início ao fim – especialmente Barbara Juliani, a incansável editora, Nancy Winter, Gretchen Logterman e Cheryl White. Obrigado à liderança da Sojourn Community Church por me darem a liberdade para escrever este livro. Obrigado ao Dr. Iain Duguid pela sua cuidadosa revisão teológica. Obrigado a Trish Mahoney por compartilhar o seu talento como ilustradora. Foi uma grande alegria poder trabalhar com você. Por fim, meu maior agradecimento vai para a minha mulher Megan. Ela leu todas as histórias, fez revisões e me deu *feedbacks* maravilhosos. As mãos delas moldaram cada página. Só Deus vê todos os pequenos sacrifícios que você faz para me ajudar e servir a nossa família. Obrigado. Eu posso verdadeiramente dizer sobre todas essas pessoas: "eles é que são os notáveis em quem está todo o meu prazer" (Salmo 16.3). *Soli Deo Gloria.*

Trish: Obrigada à equipe maravilhosa da New Growth Press: Karen Barbara Nancy, Gretchen e Cheryl por me darem a oportunidade de assumir tamanha responsabilidade e por me darem tanta liberdade criativa durante esse processo – foi um sonho trabalhar com vocês. Jared Kennedy, obrigado pela parceria de trabalho e por confiar a mim as suas palavras. Aos meus filhos, Alden e Tula, obrigada pela sua paciência durante todo o ano em que passei trabalhando neste projeto e pela sua sinceridade (às vezes brutal) ao verem cada ilustração pelos seus olhos de criança. Acima de tudo, obrigada ao meu marido e companheiro, Patrick. A conclusão deste livro só foi possível graças ao seu apoio e incentivo.